MAKE EVERY STEPS
WORTH ITSELF.

理直氣壯的走彎路，每一步都值得眷顧

尹維安 著

Part 1 你已經到了可以重塑自己的年紀

適合的圈子，能理解你的「不合群」 16

學會創造價值，而不是一味消耗資源 23

你已經到了可以重塑自己的年紀 30

忽然努力起來，你感到很累吧 38

這些都是小事，自己決定就好 44

我今年二十出頭，覺得自己忙、茫、盲 51

在這個不公平的世界，你要輸得起 59

終其一生，成爲迷人而豐富的某某 65

Part 2 沒遇見喜歡的人，就先遇見喜歡的事情吧

承諾總易過期，不如我陪著你 80
總有一個人，給你巴掌又給糖 86
幾年未見，朋友們的戀人已經換了一批 95
沒遇見喜歡的人，就先遇見喜歡的事情吧 103
愛你不自由，不愛你也不自由 111
我是很獨立，並不代表不需要你 119
話才說到一半，沒有人聽完 128
最好的友誼：短暫分離，長久惦記 136

Part 3 溫柔的堅持自己，不打擾別人

別想那麼多，其實沒那麼多人關注你 150

世界熙熙攘攘，而你不動聲色 159
抱歉，孤獨這件事情好像永遠無法消除了 165
溫柔地堅持自己，不打擾別人 175
有自己的小確幸，柔軟又堅定 182
我們俗不可耐，我們如此可愛 188
你不要學壞，你可以不太乖 195

Part 4 理直氣壯的走彎路，每一步都值得眷顧

在大學，孤獨是一種常態 210
那個總獨自一人吃飯的女生 218
大學四年是一場隱形的延長賽 225

你本來就與眾不同，何必變成大家都愛的那種 232
等我存夠了錢，就去買一枚鑽戒 241
彎路說不定就是必經之路 250
不怕優秀的人更努力，就怕他們更年輕 260
你所謂的「忙碌」意味著什麼 267
優秀的人都是賭徒 274
後記
二十歲，是別在胸口的玫瑰和松針 281

其實你不是不合群，只是沒有遇見對的群，
或者說，
你和周圍的關係還有待磨合，沒有達到合適的狀態。

先決條件很重要，
但是更重要的是自己爲自己創造的後天條件。
你現在的樣子，很大一部分，
是過去的自己塑造出來的。

學會篩選生活，列好每日的任務清單，
有策略地活著，
不讓自己爲了努力而努力，爲了堅持而堅持。

人有時會產生某種羞恥感——
羞恥於過去喜歡過的東西、喜歡過的人、喜歡過的事情，
覺得他們過時、幼稚，和如今的自己格格不入。

其實這很好解釋，我們在逐漸成長，
使自己能夠站在一個更高的層次回顧過去認爲足夠驕傲的事情。
這是一種很值得開心的自我推翻。

Part 1

你已經到了可以重塑自己的年紀

一個人成長的標記不在於一個確切的數字，不在於他終其一生成爲了少年時崇拜的榜樣的樣子，而在於他開始思考一個問題：我要成爲一個怎樣的人，我要與這個世界發生怎樣的關係，我要以何種方式度過自己的一生。

就像褪去一顆果子的皮和肉瓤，敲擊一下堅硬的內核，想像一下這顆種子要在何時投入泥土，何時攫取養分，何時發芽，何時鑽破土壤。

你想成爲的那個人，不是某個人的影子，而是脫離了具體形象，卸去光環之後，基於自身狀態的考量。

適合的圈子，能理解你的「不合群」

生活就是一場刺激的消除遊戲，而每個人就如同一個小方塊。我們都希望融入群體，找到共鳴，於是投身人群，感受那種左右相伴的溫暖。可當你和所有人都一樣的時候，卻忽然找不到自己了。

人與人之間還是需要一些空隙的。

有次我在SNS上看到一句話：「俄羅斯方塊教會我們，如果你合群，就會消失。」

眼前彷彿落下各種形狀的彩色方塊，一行行疊得整整齊齊，每當一行的缺口被補完，方塊之間密不透風，這一行忽然就「噌」地消失了。

生活就是一場刺激的消除遊戲，而每個人就如同一個小方塊。我們都希望融入群體，找到共鳴，於是投身人群，感受那種左右相伴的溫暖。可當你和所有人都一樣的時候，卻忽然找不到自己了。

人與人之間還是需要一些空隙的。

這則「俄羅斯方塊哲學」是KIKI最近分享的。我很詫異，深夜矯情通常都事出有因，不是對工作感到焦慮，就是人際關係出了問題。

她是我的讀者，在離家很遠的城市上學。她說最近常常睡不好，上課也老是恍神。其實她的生活並沒有遇到什麼大的困難，道路平坦，方向明確，只是一顆有些磨腳的小石子卡在鞋中，讓她走得不自在。這個小麻煩不是來自別人，而是每天朝夕相處的室友。

KIKI的寢室原本一共有四個人，大一的時候，她們常常一起宅在宿舍追劇，一起念書，一起討論功課，性格也都合得來。大家一起生活了一年多，不曾出現過什麼矛盾，有這樣的室友，KIKI覺得自己無比幸運。

後來，和KIKI感情最好的那個女生出國了，剩下的三個人朝夕相伴，仍然過了一段和諧的日子。可漸漸地，KIKI覺得有些地方開始不對勁了。

「大一的時候，自己好像沒有什麼特別的想法，就是好好念書，完成作業，偶爾和室友到附近的城市玩玩，因此我們的生活沒有什麼不同。到了大二，我打算出國，開始準備雅思，小斯和三三都打算直接工作，所以我們的生活節奏開始變得不一樣了。我經常跑圖書館，或者出去上課，沒有太多時間陪她們了。」

小斯和三三是她的兩個室友，說起自己最近的忙碌，KIKI語氣中帶著歉意和愧疚。

最近讓KIKI茶飯不思的事情其實很小。那天她自習回來，小斯和三三正相聊甚歡，只是簡單地和她打了聲招呼就繼續自己的話題。

KIKI疲憊地躺在床上，一邊玩手機一邊聽她們聊天，聽著聽著，忽然有個念頭閃現出來，心生一絲淒涼：她們聊了一個多小時，都沒有來問問我，難道是在冷落我嗎？

她有些刻意地找了個間隙插話：「對了，你們英文期末作業搞定了嗎？」

剛剛一直滔滔不絕的小斯忽然冷笑：「別說了，本來我和三三都想好了我們三個人一起做一個主題，但你不是要和留學生一起做嗎，只好我們兩個人做囉。」她的語氣中滿是不高興。

學校這學期來了很多英國留學生，KIKI又是英語協會的成員，漸漸和外國同學熟了，常常和他們一起討論問題。最近他們想了一個很棒的創意，打算當作期末作業的主題。KIKI是有自己的小心思，她打算考雅思，必須多練習英文，和留學生同學在一起既聊得來，又可以提高自己的英文水準，何樂而不為呢？

可是小斯說：「我們不是最好的朋友嗎？你和他們一起，把我們放在哪裡了？」

好像在她的邏輯裡，你不和她們一起做作業就意味著不和她們最要好了；你不和她們最要好了，這段友誼也就差不多要結束了。

女生因為這樣的小事吃醋很正常，被人在意本來是好事情，但KIKI覺得這樣的關係讓她好累：「我以前很怕一個人，害怕在團體中落單，可是現在忽然發現，如果融入一個團體卻再也出不來，那種感覺更加可怕。」

她困惑地問我，究竟是應該逃離出來做自己想做的，還是應該和她們一起合群地生活下去呢？

—◆—

我們常常被教育：要和周圍的人搞好關係，要合群，選擇大家選擇的就沒錯。可是如果有一天，我們想去別的隊伍看看，你是否有勇氣大聲說出你的決定？你是否敢從現有的隊伍中走出來？

很多人其實根本不知道自己喜歡什麼，所以覺得跟著別人走準沒錯。當他們嘗試的東西越來越多後，開始意識到自己真正的興趣所在，於是渴望改變，渴望新的嘗試，卻陷在某種習慣狀態中無法抽身。

這些人害怕的不是挑戰自己，而是周圍人的態度，他們不敢面對「你竟然和我們不一樣了，你太不合群了」的指責。

殊不知，你開始舉棋不定的時候，恰恰也是一些人開始慌張的時候，因為他們意識到這個穩定的狀態好像要瓦解了。本來大家都是差不多的，你的改變讓彼此之間忽然有了落差，有了不同的狀態，他們很害怕，於是否定你的改變。

真正關心你的朋友，欣喜於你的改變；真正適合你的圈子，能理解你的獨處。

其實你不是不合群，只是沒有遇見對的群，或者說，你和周圍人的關係還有待磨合，沒有達到合適的狀態。

給彼此的生活留些縫隙，我們會活得更加舒服。

最開始，我們追尋的是一種認同感，後來，當我們的安全感得到滿足之後，反而開始期待一種個性。

很多人苦苦糾結，處理不好兩者之間的關係。

世界上沒有誰有義務一定要去等誰、陪伴誰，我們都有自己的事情要做。如果你恰好擁有願意陪你的朋友，應該感謝，而不是覺得理所應當。

朋友，並不是陪伴的理由。

對自己自私一點，對他人寬容一些。保持獨立思考的能力，不隨波逐流，同時給予別人必要的關心，尊重對方的選擇。保持必要的付出，為了相似的目標而努力，才能維持在同一個頻率。

一直以來我們都把合群與獨處這兩種人際交往的狀態極端化，好像非黑即白，非此即彼；更有甚者，為孤獨冠以「光榮」的含義，彷彿合群就是一群無力無夢之人的選擇。

合群和獨處，都是一種暫時的選擇，而不是絕對的規則，你沒必要急於回歸陣營。合群又獨處，是最舒服的。一個人待著的時候，不需要和任何人解釋，但是與一群人在一起的時候，就不得不有所退讓和互動。真正合適的圈子是足夠包容的，能夠接受各自的不同和選擇，大家的友誼建立在相互補充和理解的基礎上，而不僅僅是看起來一致。

不要讓友誼「綁架」了我們，親密又保持一定的距離，這樣很好。

學會創造價值，而不是一味消耗資源

讓自己的眼睛盡可能看更多的東西，讓大腦裡盡可能裝進更多的知識，讓生活中盡可能遇見更多的人，讓生命盡可能有更多的選擇。把現有的資源投資在自己身上，別人搶不走，也消滅不了。

有段時間，我覺得自己的生活變得很「貴」。花出去的錢很大一部分並沒有用於吃穿，而用在一些看起來挺無用的東西上。我喜歡蒐集票根，有時候翻翻，發現蒐集得最多的竟然是去各個地方的火車票；還有很多畫展、舞台劇、音樂節的門票。此外還蒐集了不少分享會之類的紀念冊周邊。

這些支出其實並不是一筆小數目，有的來自家裡資助，更多的來自自己賺的零用錢。

我並不是什麼富二代，不過從小家裡還算寵著，所以也沒有經歷過那種特別難熬的日子，和大多數女生一樣，看到好看的包包也會忍不住下單。

可是我明白，再漂亮的衣服穿在身上，過不了多久也會穿膩，然後被新衣服代替。那種美是單薄的，而且太短暫了，就像春末落紅，繽紛鮮豔不再，也只能隨流水逝去或者變成春泥襯托來年春光。

買櫝還珠，捨本逐末，那是目光短淺的人才做出的事情。二十多歲的你，請不要光做一個漂亮的盒子，卻虛著內心拿不出一顆漂亮的珍珠。否則，即使吸引來了一些垂涎看客，也只是曹劌口中的「肉食者」。

經常聽同學們相互調侃，「這個月又要吃土了。」看上了一支顏色漂亮的口紅，想到喜歡的品牌又要出新款裙子了，卻遲遲不敢下手——欲望不斷膨脹，但囊中羞澀，開源不得，又狠不下心節流。

我也抱怨過喜歡的東西太多，而生活費太少，直到如今天天趕稿子，用時間和身體勞累賺得一點小錢，反而不願意花太多錢在吃穿享樂上。

這忽然的醒悟，像浸在寒夜的冷水中忽然抬起了頭，一片模糊中卻看到了光亮，也懊悔沒有早一點明白這個道理：在我們這個年紀，很多人會把重點放在「我手頭有多少錢，夠買什麼」，而不是在想「我如何用現有的錢賺得更多的錢」，或者「怎樣提高自己的價值和做事效率，進而省下更多的時間去做別的事情，創造更多的價值」。

——◆——

之前我去考了心理諮商師，然後便有非常多的讀者向我諮詢相關事宜。其實對我來說，學習心理學也相當於一次對自己的投資吧。

從高中開始我就對心理學感興趣，也曾買教材自學，無奈只是門外漢，對很多專業名詞一知半解，最後只好作罷，但是隱隱還有些放不下。

大二下學期，自己的時間比較多，所以我和爸爸商量，想去考國家三級心理諮商師資格★，一是為了證書，更重要的是想更有系統地進修一下關於心理學的理論知識，也算彌補以前的一些遺憾。

學長學姐幫忙牽線搭橋，接洽了一個補習班，但是因為上課的地點實在太遠，我只好報網路課程，看著螢幕上的老師，只能聽，問不得。

兩本厚厚的教材——一本基礎知識，一本實際操作；還有厚厚一疊題庫，從零開始啃。

四月學得斷斷續續，五月開始衝刺，雖然難——其實也並沒有那麼難，畢竟應試的成分比較多——反覆做題庫之後也能摸清楚一些模式，記背分析之後也有了一些知識基礎。結果考試時發揮得還算穩定，甚至比預期還好一些。準備考試的那段時間真的很痛苦，但是想想如今對於心理學的一些基本知識逐漸思緒清晰，而且發

★國家三級心理諮商師：大陸早期將心理諮商師資格分為三級，需參加國家職業資格鑑定以獲得認證，但已於二〇一七年取消此制度，變更認證方式。

現社會心理學裡很多概念可以用於分析當下的一些想法，也算是收穫頗多。

其實心理學並沒有大家想的那麼厲害和神秘，心理諮商師也不會讀心術；況且心理諮商師三級只是一個入門，還沒有替人諮商的資格。但於我而言，為此所付出的財力物力都是值得的。因為這筆錢和這些時間是投入在我自己身上，所學到的知識多多少少也對我以後的為人處世有所指導，讓我對一些問題的分析都更加理性和客觀。

有時候覺得自己在做一筆投資，把錢和時間投在自己身上，把自身變成一個轉化器，將每天所見所聞所感所學進行發酵，創造出另外一些新鮮而充滿價值的東西。

錢可以變成很多東西，很多東西可以變成錢，很多東西也可以變成很多東西，你的修養，你的眼界，你的氣質，你未來的種種可能。

二十多歲，無論男女，都應該把重點放在如何投資自己，創造更多的價值，而不是挖空心思去想，怎麼樣才能把錢花得更爽。

上次和一個讀者討論起「網紅」這種神奇的產物。那位讀者的一個朋友很羨慕那些在網上賣個萌勾勾手指就引得一群人尖叫「女神」的女生，於是立志也要成為新生代網紅——每天花大把時間在穿衣打扮上，挑選修得最滿意的照片上傳到SNS，期待著某天能夠輕輕鬆鬆地靠美貌獲得眾人愛戴。

那個讀者告誡她的朋友「這不實際」，朋友卻覺得周圍的人是在嫉妒她，結果兩人還為此爭執了起來。

那個讀者氣不過，跑來問我：「維安，你對『網紅』怎麼看？」

我看著那一張張充滿膠原蛋白、五官精緻的臉，也覺得賞心悅目，羨慕，又不羨慕。這個時代人們的興趣和熱情更迭得太快，你根本不知道下一個紅起來的會是誰。單純「靠臉吃飯」的網紅也是充滿危機的，她越美，就會越害怕未來美麗消失的那天。這一刻她被眾人推至至高點，下一秒就有可能摔到谷底，這雲泥之別的待遇，不知道她能否承受。

人在二十歲的時候，常常覺得自己從頭到腳都是新的，因為是最青春的年華，所以一定要好的東西來配，於是渴望著名貴的衣服、包包、鞋子，眾人的愛戴稱讚，誓要在最美的年齡過最優質的生活。

可是年輕的容顏是會衰老的，固定的資產是會被消耗的。二十多歲的時候，不能只看著華麗的櫥窗數著錢包裡的鈔票，我們已經有權利問自己：我該如何將現有的資源轉化為價值，而不是一味地消耗下去。

用懶散和享樂來填充生活的空虛，沒有比這更傻的了。

我很喜歡的馬來西亞歌手Zee Avi有一首歌叫Just You and Me，裡面的一句歌詞唱的是我期待的生活狀態：

「There's so much in the world that I'd like to soak up with my eyes.」（大千世界裡還有如此多的東西等我們去發現。）

讓自己的眼睛盡可能看過更多的東西，讓大腦裡盡可能裝進更多的知識，讓生活中盡可能遇見更多的人，讓生命盡可能有更多的選擇。把現有的資源投資在自己身上，別人搶不走，也消滅不了。

只要你還存在，就帶著無限可能。

你已經到了可以重塑自己的年紀

每個人都有平等的追求夢想的權利，也有二十多歲為自己創造條件改變現狀的機會。眞心想做一件事情的時候，再大的困難也可以克服，不想做一件事情的時候，再小的阻礙也成爲了理由。

朋友送了我一本書，她在扉頁上抄寫書中的一句話：「當你全心全意夢想著什麼的時候，整個宇宙都會一起，幫助你實現自己的心願。」

深有所感。

這個世界上存在很多不可思議，不過奇蹟並不常常發生，不然就太無聊了。夢想實現的前提是，你想去做，無關強迫，無關刻意，甚至要帶著點虔誠，真真實實地出自內心。

在過去的很長一段時間裡，我對自己感到失望，因為一直以來活得太「乖」了，就像《七月與安生》裡的七月，站在學校各種社團的招生海報前，忽然變得無所適從：「我忽然發現，自己是個很無趣的人。」

國中的時候，每日學校和家兩點一線，沒有太多課後活動，沒有太多興趣愛好。同班同學叫我去露營，我覺得時間太晚就拒絕；大家叫我去吃飯，我覺得人多太吵也拒絕；有男同學偷偷塞情書給我，我面無表情地撕個粉碎；聽到別人講笑話我會笑得很開心，輪到我講笑話的時候，空氣都冷了起來。

學校裡常常有藝文表演，每次看到那些彈唱的同學專注的身影，手指靈活地在弦上翻飛，我除了陶醉，還會止不住地羨慕。我曾經在半夜哭著問媽媽，為什麼小時候不讓我學一種樂器，這樣我現在就可以多一項技能了。媽媽說：「你那時候上課已經很累了。」我無言以對。

我爸是英文翻譯，按理說我應該耳濡目染，得到真傳。但在我的記憶中，爸爸很少和我說英文，有時他工作太忙，我幾乎一天都見不到他的面，需要家長簽字的作業，我臨睡前放在桌上，第二天早上起來，字簽好了，人依然看不見。

小學六年級時的一堂英文課，老師要我們即興用英文說一下自己週末做了什麼。我眼神飄忽，低著頭，卻還是倒楣地被點了名。我支支吾吾了半天，頭腦一片空白，站了幾分鐘，最後結結巴巴地只擠出了一句話。老師的一句「你下去吧」，讓我的自尊心粉碎。

◆

很長一段時間裡，我把自己的無趣、沒有出眾的技能，怪罪到我的家庭上，埋怨父母沒有為我的人生安排翔實的計畫，就讓我自顧自地生長，一不小心就長到這麼大。

現在的我好像不是這樣子的，至少別人是這樣說的。每當聽到有人評價「和你在一起好有趣」或者「你好厲害」的時候，我會感動，在內心偷笑，也會想起厚著臉皮跑去找那些帶著各種口音的外國交換生結結巴巴聊天的日子。

我慢慢從過去的自己脫離出來，如今這些光澤與風采，都是自己幫自己打磨上色的。

很多東西，先決條件很重要，但是更重要的是自己為自己創造的後天條件。你現在的樣子，很大一部分，是過去的自己塑造出來的。

前段時間看到一個觀點：「你要學會為自己的未來花點錢。」

在你能夠賺錢的基礎上，每個月抽出5%用於投資你的未來，雖然看起來沒有多少錢，但你永遠都預料不到，那點投入能帶給你多大的回報。

對於那些年輕的學生來說，每個月若只能剩下兩三千塊，該怎麼投資自己的未來？舉幾個例子吧：

如果你覺得自己的美感不是很好，不管怎麼打扮還是很俗氣，那麼就每月看幾本時尚流行雜誌或相關網站專欄，學一下配色和服裝搭配，學一下化妝和基本禮儀。一年下來，至少會讓你在買衣服這件事上找到適合自己的樣子，讓自己的外貌煥然一新。

如果你覺得自己頭腦很空，出口無章，那就去替自己辦一張借書證或者每個月為自己買幾本書，認真閱讀，仔細分析並有文字產出，積極與人分享所得。一年下來，你的眼界會比之前寬廣不少。

如果你想學一些實用的技術或者技能，網路上有很多開放資源，很多免費的學習網站，或者買一些付費的課程，有的甚至在完成課程後會頒發證書給你。一年下來，當你再做起簡報或者網頁，會厲害很多。

◆

如果說在十幾歲之前，我們是什麼樣的人很大一部分受著家庭的影響，那麼在這之後，能決定我們變成什麼樣的那個人，是我們自己。

有的人存了很久的錢，就為了買一把超貴的吉他，每天拚命地練習。別人說你幹嘛買那麼貴的，憑你這個樣子還想當文青？等到他站上舞臺，展現一場完美表演的那天，那些質疑的人都會閉嘴的。

我很喜歡的財經作家吳曉波老師在一封給女兒的信裡寫：

> 喜歡，是一切付出的前提。只有真心地喜歡了，你才會去投入，才不會抱怨這些投入，無論是時間、精力還是感情。
>
> 在這個世界上，不是每個國家、每個時代、每個家庭的年輕人都有權利去追求自己所喜歡的未來。所以，如果你僥倖可以，請千萬不要錯過。

高三的時候，我因為錄Podcast的事情和爸爸吵過一架。他覺得我就是鬧著玩的，而此刻沒有什麼比考大學更重要。現在，我照樣做著我喜歡的Podcast節目，爸爸會準時收聽我的節目。

他感慨：「我從沒想到我的女兒會成為這樣的人。」

我笑，暗想我會比你期待的活得更好。因為我開始按自己的方式活了。

常常有人提到蔡康永的那段話：

十五歲覺得學游泳難，放棄學游泳，到了十八歲遇到一個你喜歡的人約你去游泳，你只好說「我不會耶」。十八歲覺得學英文很難，放棄學英文，二十八歲出現了一個很棒但要會英文的工作，你只好說「我不會耶」。

人生前期越嫌麻煩，越懶得學，後來就越可能錯過讓你心動的人和事，錯過喜歡的風景。

天賦這件事情，本身就因人而異，從不會有絕對的公平，出身貧窮或富貴，也都不是我們可以選擇的。可是每個人都有平等的追求夢想的權利，也有二十多歲為自己創造條件改變現狀的機會。真心想做一件事情的時候，再大的困難也可以克服，不想做一件事情的時候，再小的阻礙也成為了理由。

不要光顧著羨慕，卻無動於衷。

高中的時候，常常對未來滿懷憧憬，畢業紀念冊裡也愛寫「願你成為想成為的人」之類做作又雞湯的話。

那時只是簡單說說而已，如今已經到了一個可以重新塑造自己的年紀，和過去說再見的年紀。我們的內心都有一個展翅欲飛的自己，需要你打破這副軀殼，他才能自由翩翩。

要記得，成為想成為的人，不要只是說說而已。

忽然努力起來，
你感到很累吧

很多人會在某一天幡然醒悟，覺得自己之前虛度時光是天大的錯誤，於是大動干戈，以一種英雄的姿態努力，卻常常「用力過猛」，把生命中的一個小短期當作了全部時光來過。久而久之精疲力竭，信心熄滅，努力過而無果，比從未努力過更加難受。

下決心的時候是眞的，可後來堅持不住的無奈也不是假的。

我很害怕跑八百公尺，但它是學校每年體育測驗裡避不開的項目。因為我的爆發力比較好，所以那些瞬間或者短時間裡就能完成的項目，比如跳遠、坐位體前屈、擲鉛球等讓我備感輕鬆。可當體育老師帶著我們浩浩蕩蕩地來到跑道，我會忍不住腿軟。

十幾個女生密密麻麻擠在起跑線上，像停在電線上的麻雀，嘰嘰喳喳。老師一打手勢，一個個都閉上了嘴，表情嚴肅地跑起來，不再相互搭理。我自知跑不到最前面，也從不逞強，放慢速度保持在隊伍末尾，只求不掉隊，及格就萬歲。長跑如此煎熬，我只好把注意力轉移到其他事情上，於是開始觀察我前面的隊伍，發現了一些有趣的現象。

所有人同時出發，並無先天優劣之分。有的人一開始就遙遙領先，並且穩步保持，這些都是一直有在持續長跑的運動達人。有的人特別有自知之明，知道跑不快，索性採用「小跑＋散步」的戰術，不爭不搶，沒有實力，大不了重考。

還有一些人處於中間部分，卻採用了不同的戰術，或者說是不同的精神態度：一些人好像不緊不慢地跟著，雖然不快，卻均速前進，不知不覺反而漸漸領先了；另外一些人一開始就全力以赴，誓要爭先，領先半圈多之後體力不支，漸漸落後。

這才發現，有時候「先發制人」，用力過猛，不一定會贏。

——◆——

有天晚上我和學妹徙南聊天，她是我學校電臺節目的媒體宣傳，也是我遇見過的女生裡比較特別的一個——抽菸，熬夜，交過很多男朋友，不想去上課，總是沉浸在自己的世界裡。她的字寫得很好，下筆凜冽而有力，長相卻是個甜心女孩的模樣，捲捲的頭髮，笑起來甜甜的。

我很喜歡她，老師說她不合群，我倒覺得她比我活得盡興。

晚上涼風習習，徙南說：「維安，我打算好好讀書了。我覺得我需要做出一些改變。」

聽她這麼認真，我略微有些驚訝，又對她充滿信心。這女生雖然做事有點迷糊，平時看起來什麼都不在意，但要是認定一件事情，是不會敷衍和鬆懈的。

她說，渾渾噩噩過了大一，忽然發現自己落後了好多，想要開始努力了。我相信她是真心的，問她：「那妳現在要做些什麼呢？」

「看書，看必修課的電影，去健身，還有其他工作。總之事情很多。」

她很怕趕不上，我說：「妳不要急，慢慢來，反而會比較快。」

很多人會在某一天幡然醒悟，覺得自己之前虛度時光是天大的錯誤，於是大動干戈，以一種英雄的姿態努力，卻常常「用力過猛」——目光太狹隘，心氣太高，操之過急，把生命中的一個小短期當作了全部時光來過。久而久之精疲力竭，信心熄滅，**努力過而無果，比從未努力過更加難受。**

下決心的時候是真的，可後來堅持不住的無奈也不是假的。

忽然努力起來，你一定感到很累吧？甚至有深深的挫敗感。落後了太多，想要用半年的時間趕上別人一年累積而成的成績，想要用兩個月完成一個學期的任務清單，想要用最快的速度趕上甚至超過那些遠在前面的人。

你很焦慮！

不可否認，越努力的時候，期待越多，急於看到成果，覺得自己已經孤注一擲了，為什麼還沒有柳暗花明。那是一種「精神缺氧」的狀態，前路漫漫，自己彷彿在一片大霧之中，找不到出路。

◆

之前「死撐」這個概念好像很紅。我想了很久，死撐到底是什麼？大一那時候的狀態算不算死撐？算。大二和大三的自己還要不要死撐下去？不要。為什麼？因為死撐讓自己很累——心累，累到失去了信心，失去了對生活的熱情。

「死撐」是還沒有找到讓自己舒服的生活和學習節奏，卻一直告訴自己「我不能倒下」；是一種樸素的機械式的努力精神，卻不是值得提倡的進步方法。

常常自嘲「一年更比一年忙」的我，頭昏眼花地登上大三的舞台，當我做好了要「死撐」的準備，忽然發現，我的大三生活竟然出乎意料的閒，上午課程結束，還能和節目組去市中心吃個午飯、喝個下午茶，開開玩笑，再回來繼續寫稿子。

這樣的生活忙裡偷閒，也自得其樂，並且更有效率。

有時候我也會覺得自己似乎沒有之前努力了，後來想想，這份偶爾的「悠閒」好像正是大一大二時求之不得的。**現在學會了篩選生活，列好每日的任務清單，因此得以有策略地活著，不讓自己為了努力而努力，為了堅持而堅持。**把生活細化到每天，養成習慣之後，一邊開心地享受大學生活，一邊慢慢實現自己的小目標。

不匆忙，就會從容一點，從容可以帶來細緻，而細緻常常出精品。

我爸以前常常在我因一些小成績開心地手舞足蹈時，告訴我一句樸素的道理：「誰笑到最後，誰笑得最好」。「死撐」是一種令人佩服的精神，但終究也是莽撞，不是智取。「努力」是一件需要戰術的事情。

只要最後笑得好，過程中哭過幾次，我也就不在乎了。

這些都是小事，自己決定就好

人要是對自己想要的東西知道得明明白白，眼裡就再放不下其他備選選項。生命中的很多大事其實都是小事情，你覺得糾結，覺得不知所措，是因爲你沒有想好自己要什麼。

自從考完研究所，學校圖書館裡的LED大螢幕上就更新了通知：新一輪自習室座位開始報名。偶然路過辦公室，發現門口排了長長的隊伍，看來剛熄燈不久的考研究所專用自習室又要準備下一輪的燈火通明了。

前些天在準備新聞採寫課期末作業，我選的主題就是考研究所，藉機採訪了幾個剛考完研究所的學長學姐，聽他們說了很多與考試有關或者無關的事情，然後打算寫這篇文章。

我不是想給大家打一劑勇往直前的興奮劑，只是人在大三，前途未明，周圍的人提到「考研究所」，呈現出來的態度是截然不同的，或許是因為捨不得校園生活，或許是因為爸媽或自己認定了「學歷高能找到好工作」，或許是真的對知識、對專業有探尋的熱情，或許是為自己的工作尋找一塊好的跳板。

選擇與否，都是小事，自己決定就好。

我大一時認識了一位大三的學姐，她是某個社團的社長。我們沒怎麼聊過天，只是見到了會簡單地打個招呼。印象中這個學姐並不是一個特別引人注目的女孩子，氣質簡單乾淨，乾淨到在人群裡你可能認不出來。

我是看到她發了一則開學典禮的ＳＮＳ動態，才知道她考上了研究所，照片裡她笑得像個大一新生般燦爛，但是比新生多了些篤定和自信。

我問她考研究所難嗎，她說還好，當時只是想試試看，雖然備考的日子真的很辛苦，現在回想起來，那段時間，會讓人變得自信和有魅力。

我以前很羨慕她讀了自己喜歡的學校，後來我發現，她身上那些吸引我的特質，不是學校賦予她的，而是她在爭取的過程中自己為自己帶來的。

考研究所、工作或者其他，其實不管選哪個，都是一個掌握自我的過程，在這個過程中漸漸學會為自己的決定負責。

—◆—

我和作家喬八月有過一面之緣，那天下午我們碰面，彼此像是老朋友，坐在星巴克二樓的某個角落聊了將近兩個小時。她喝了兩杯美式咖啡（如果我沒記錯的話），把自己的心事說給我這個陌生的熟人聽。

她說自己想學攝影、學設計，想去日本，想繼續畫油畫，但是家人想叫她考研究所，因為學歷高能找到好工作。

她和我說了很多可能從未和別人說過的隱祕夢想，眼睛裡有光。

這個乾淨斯文的短髮女孩子，靦腆又真誠，有兩個字被她反覆提到：緣分。

她覺得我們這樣匆匆遇見實在不易，緣分真是太不可思議。

人與人之間如此，人與事物也是這樣，我們難得與喜歡的事情有了緣分，何不珍惜？

人要是對自己想要的東西知道得明明白白，眼裡就再放不下其他備選選項。生命中的很多大事其實都是小事情，你覺得糾結，覺得不知所措，是因為你沒有想好自己要什麼。

一個剛剛考完研究所的學姐告訴我說，有句考研究所的雞湯名句叫作「考研究所就是自己戰勝自己的過程」。大學四年散漫慣了，很多人已經很難再回到每天集中注意力埋頭書本的狀態，而且這種知識的歸納又和碎片化累積不一樣，需要自成體系消化吸收。所以備考的這幾個月是她在大學四年感覺最充實的日子。

朋友西瓜已經下定決心考外國文學研究所。和很多立誓明志早出晚歸焦慮擔憂的人不同，她每天讀外國文學作品自得其樂，不快不慢。西瓜說考研究所是深思熟慮後的決定，是因為喜歡文學，想要藉此了解一些東西；除此之外，她想透過考研究所這件事情找到更多能和自己同行的人，認識更多自己感興趣的領域裡的大神或者有趣有才華的人，彌補自己在大學時期學習上的不足，嘗試更多的機會，不斷充實、豐富自己。

就像是一個陷入戀愛的人，愛悅於傾慕對象的一切，有那種刨根問底的探索之心。

——◆——

關於考研究所，有人作過一個很簡單的比喻。

你在三月的時候看中了一件很美但是很貴的裙子，摸摸口袋裡的錢，只有標價的十分之一。試穿上它的你真的很漂亮，但它暫時還不屬於你，你渴望買下它，於是定下目標——賺夠標價上的數字。

店員告訴你裙子六月就會下架，你明白自己只有三個月的時間。

可能在五月的最後幾天，你打工賺來的錢存夠了，剩下的十分之九被補齊，你滿心歡喜地把裙子買下來，穿上，覺得自己好棒好美，快樂到忘記了自己曾經拚死拚活狼狽賺錢的日子。

也可能在你賺夠錢的時候，裙子已經下架了，你沒有穿上它，很失望，覺得自己的努力都白費了。但你走出商店時摸了摸自己的口袋，發現裡面有了比原來多很多的錢。雖然沒有買到之前看上的裙子，但這些錢卻夠買另外一件裙子，而且並不比之前那條差。

穿上新裙子，你覺得自己好美。

但是你的美不光是來自裙子本身，而是你本來沒資格穿它，現在有資格了。

我們終其一生追求的，並不是一個確切的具體的東西，不是一個數字、一紙證書，它們都只是方式，是手段。

無論工作、考研究所還是其他，都是我們去選擇它，而不是讓它決定我們的未來如何。

考研究所與否，考得上與否，都不過是一個逐步了解自己的過程，讓我們開始學會選擇和承擔，變得自信而飽滿，變得更專注、更豐富。

不要讓一場考試變成了一個非黑即白的判定，你活在裡面會很廉價也很累。

吳曉波老師的散文集，其中有一篇叫〈自由與理想〉：「在我們這個國家，最昂貴的物品是自由與理想。它們都是具體的，都是不可以被出賣的，而自由與理想，也不可以被互相出賣。」

讀到這段話的時候是一個晴冷的早晨，我在圖書館的走廊一邊吃著快涼掉的三明治一邊看書。抬頭的時候陽光正好，我覺得自己被這樣明亮的光穿透，渾身有用不完的力氣和夢想。

這個社會上的某些行業或者公司，可能會因為你的學歷不夠而拒絕你。

但這個時代不會拒絕一個朝氣蓬勃、敢想敢做的年輕人，和他永不止息的夢想。

我今年二十出頭，覺得自己忙、茫、盲

人人都把二十出頭講得那般美好，我滿懷期待趕路而來，只爲看一眼鮮花遍地，朝霞漫天，卻有些失望。這樣的生活，和我之前想的不太一樣啊。二十出頭的年歲，竟是如此尷尬的境地：要自由，沒有完全的自由；要夢想，現實卻拖住腳踝；要愛情，喜歡的人卻不喜歡自己；要刺激，卻開始有了顧慮。

讀過王小波《黃金時代》的人大概會知道這麼一段話：

那一天我二十一歲，在我一生的黃金時代。我有好多奢望。我想愛，想吃，還想在一瞬間變成天上半明半暗的雲。後來我才知道，生活就是個緩慢受錘的過程，人一天天老下去，奢望也一天天消失，最後變得像挨了錘的牛一樣。可是我過二十一歲生日時沒有預見到這一點。我覺得自己會永遠生猛下去，什麼也錘不了我。

上次閱讀到它的時候，距離我的二十一歲還有六十八個日夜，一陣無力感湧上心頭。可能我並沒有王小波那般飽滿豐沛的青春感受，並不覺得自己無比勇猛，也沒有覺得渾身有用不完的力氣，對變成天上的雲沒什麼興趣，身邊也沒有戀人，只剩下吃可以勉強解救我。

人人都把二十出頭講得那般美好，我滿懷期待趕路而來，只為看一眼鮮花遍地，朝霞漫天，卻有些失望。這樣的生活，和我之前想的不太一樣啊。二十出頭的年歲，竟是如此尷尬的境地：要自由，沒有完全的自由；要夢想，現實卻拖住腳踝；要愛情，喜歡的人卻不喜歡自己；要刺激，卻開始有了顧慮。

二十多歲的人初次面對現實，變得有些小氣起來，對於勇氣也斤斤計較了，怕揮霍多了收不回來。不敢再那麼天馬行空，至少要先伸一隻腳來探探路。

不敢把未來想得太小，心有不甘。

不敢把未來想得太大，怕有失望。

◆

那天和一群年紀相仿的學長學姐討論問題，說到「做回自己」這個話題。一群人在滔滔不絕了半天後，忽然意識到一件很可怕的事情：我們其實都不知道真正的自己應該是什麼樣的，更別說如何「做回自己」了。

就像靶子有了，卻沒有紅心，無論怎麼射都得不到十分；錶盤有了，卻沒有刻度，無論怎麼轉都調不準時間。這才發現，我們喊了很多年的口號，沉浸在那種自以為是的酣暢淋漓中，高舉「不願向任何人妥協」的旗幟，最後確實沒妥協於誰，但也根本不了解自己。

我曾做過一次話題徵求，請大家用三個詞概括一下自己近來的生活狀態，沒想到大部分留言都充滿負能量，我總結成三個字：

忙、盲、茫。

學校告訴我們要做三好學生，我們卻不小心失足成了「三ㄇㄤˊ」青年。

這三個字，概括了當下很多與我同齡的年輕人的生活狀態。每天很忙碌，忙著看各種各樣的書，參加各種各樣的活動，忙著交朋友，又忙著要獨處做自己的事情。其實大家也不知道自己為什麼這麼忙，大概是想和其他人不一樣吧，至於喜歡什麼，想要什麼，其實也說不清楚，但一想到落後於人就不甘心。

大部分時間很迷茫，明明已經有一大堆事情要做了，卻還是在心裡掛念著對於未來種種可能的擔憂，不知道何去何從，前路在哪兒。

偶爾很盲目，看到別人在做什麼自己就跟著去做，沒有考慮好這件事情是否真的對自己那麼有意義，只是盲目地做決定、下判斷。

這樣的狀態其實人人都可能經歷，不知道該向誰問責。有些人把這些不幸福歸咎於自己想要的和外界所給的不相配：比如讀著不喜歡的科系，做著不滿意的工作，想要的很多，能做成的很少。

我覺得教育的矛盾之處在於，我們都是先選擇，後體驗——**在最開始的時候我們並不知道自己喜歡什麼，卻要用大學四年甚至更長的歲月去為十八歲的決定負責。**

二十歲左右的年紀，明明沒有什麼需要擔心的啊，滿臉的膠原蛋白，生活費都來自父母，更沒有房貸車貸的壓力，用不著考慮養老和育兒。

我們的外在負擔很輕，心理負擔卻很重。

◆

我親身經歷過一種惡性循環：因為看到別人很優秀，自己也想要變得優秀，於是做了很多事情，並且想把每一件都做好；可總有一些事不會如願，於是就往自己身上積壓了更多的包袱來彌補沒做好的那些事。這樣下去，身體越來越累，心卻越來越沒有安全感。壓在身上的任務越來越多，能好好完成的卻越來越少。

那段時間，心力交瘁，我開始問自己造成這一切的原因是什麼。我一直在懷疑自己的能力，計算著如何讓這已經酸疼的肩膀承受更多的重量，卻忘記去思索，我往身上累積的這些包袱，究竟是不是我想要的？

我終於發現我的問題：缺少對自身的定位，太過於與周圍的人比較。

越是忙的時候，越要停下來想想自己是不是為自己而忙；還是因為周圍的人太優秀了，他們的存在時刻煽動著我們的焦慮，讓我們忙著趕上他們，自己假想了一種如果不趕上他們，就會被「優秀」拒之門外的可怕後果。

越是茫的時候，越不要東張西望，專注做好手頭的事情。迷茫之於年輕人，就如同空氣之於人類，確確實實逃不掉，離開了反而會不自在甚至死掉。所以我們無須焦慮，只要把腳下的路踏踏實實地走好就行了。

越是盲的時候，越不要快速做決定。不要因看到其他人的努力而自亂陣腳，腦子一熱就往別人的主場撲，去了才發現自己並不適合。

我想說的是，**你所處的那種「心理困境」，其實適用於每一個和你年紀差不多的人，只不過有的人很早就懂得如何掩飾那種不安和焦慮，把自己包裝得從容**

又不迫。

有一天你會發現，那些讓你心力交瘁的事情，諸如競選失敗、沒獲得獎學金、喜歡的人不喜歡你，都不是什麼大事。你之所以很難過，是因為你目前只看到這麼多東西而已。然而生活的進度是沒有暫停鍵的，更沒有快進和後退，你只能踩著節奏向前，等到一年之後，五年之後，十年之後，這些當下看起來天大的事情會隨著時間的增長漸漸縮小為一個點，小到你再也想不起來了。

大三的時候，「為你讀英語美文」節目組的老大永清拿出去年我做的那集雙11特別節目，他說：「這集節目剛好上線一年，那個時候，你只是說自己開始試著寫一些影評和文章，還沒有經營社群專頁，剛剛加入電臺，是個對一切充滿新鮮感的小女生。這一年來，你成長了很多。」

可能自己並沒有意識到，自己一直在選擇的那條看起來很難的路上摸爬滾打，走啊跑啊，哪怕哭著也不能停下來，不知什麼時候，自己竟已經跑出了那些時光裡的迷茫和盲目，也脫離了曾經的忙碌。

迎接我的，此刻的以及未來的每一天，「忙」、「茫」、「盲」這三種狀態可能依然會交織著，偶爾出現，讓我猝不及防。

好了。

但是，我知道不能再哭了啊，內心瘋狂拔節生長的時候是會有點疼，習慣就

這些當下看起來天大的事情，會隨著時間的增長，漸漸縮小為一個點，小到你再也想不起來了。

在這個不公平的世界，你要輸得起

進入社會才會發現，其他人很難給你想要的那種包容和溫暖，有時候他們還會顯得冷漠、功利、不近人情。從小被寵慣的我們不得不承認，自己原來是如此微不足道的個體，那些我們以爲如此親密的「情感」，常常與名利藕斷絲連，難得見眞心。

記得去年迎接新生的時候，朋友邊翻著學生手冊邊開玩笑：「對大一新生最有用的忠告就是告訴他們大學裡的黑暗面，雖然有點殘忍，但是實用啊。」

我笑：「告訴他們沒用的，要自己掉進去然後爬出來，才能真的懂了。」

他笑我：「你好殘忍。」

大學不是象牙塔，雖然有美好的一面，依然有讓你三觀破碎、感到絕望和恐懼的一面，不被虐幾次，不栽幾個跟頭，不委屈地大哭幾次，不配成為大人。

今年上大一的表妹傳了長長的訊息給我，這個個性耿直的小女生向來笑嘻嘻的，忽然發來兩個大哭的表情，可想而知是受了多大的委屈。

她所在的學校有個資優生交流活動，錄取人數不多，資源豐富，不過門檻也高，需要大學考試的英文成績到達一定分數，還有其他有的沒的標準，達到要求之後先交申請表，再面試。想成為頂尖的學生，可不容易。

表妹有資格申請，平時也積極上進，當然不會放過這個機會。有另一個女生，成績沒達標，英文成績也差了一點，卻也獲得了資格。

標準不是擺在那裡了嗎？為什麼那本來第一關就跨不過的女生竟然也得意

揚揚地報了名呢？原來她有「貴人相助」——她認識學校裡的一個教授，一通電話打過去，不久教授傳回消息：「事情已辦好。」

最後，那個女生如願以償，而表妹沒有錄取。

表妹越想越難過，於是來找我：「我覺得非常不公平，我很嫉妒她，嫉妒她可以輕輕鬆鬆得到好資源。我覺得很不舒服，很想檢舉。」要是她個性軟，說不定就忍氣吞聲了，偏偏表妹這樣耿直的個性，我真怕她像炸開的油鍋，燙了人，也傷了自己。

「我心裡很不是滋味，明明我比她更努力啊！我從不翹課，認真完成作業，有時間就去自習。可她呢？經常翹課，上課玩手機，回宿舍打遊戲。為什麼我不能得到這個機會？」表妹滿腹委屈。

身為大二的老油條，我對這類事情也算見怪不怪。有個朋友感慨，這樣的事情經常發生，可是對於一個大一的學生來說，真的打擊滿大的。

想想很悲哀，類似的事情在哪裡都有可能發生。

我告訴表妹，調整好心態，不要因為這件事情打亂了自己的步調，放棄努力。沒被錄取確實很遺憾，不過這件事給自己上一堂人生大課，也值得了。對於那些自以為嘗著甜頭的人，其實「慣著」也是一種報復，討巧得來的東西總有一天要還回去。

後來我經常在SNS上看到表妹更新動態，每天背英文單字，分享自己的閱讀，偶爾還會寫點自己的心得。身為姐姐我會很欣慰，因為她已經比很多大一的學生清醒得多了，知道自己的不足之處有很多，就持續一天一天去彌補；知道時間可貴，就抓緊一切機會。

你的努力，這個世界都看在眼裡。最開始吃點虧不要緊，你付出的失去的，最後都會加倍地獲得回來。

——◆——

想想自己大一的時候，比表妹更加玻璃心呢。和獎學金擦肩而過，覺得自己受了莫大的委屈，一直糾結於憑什麼！明明是我應該得到的東西，偏偏因為一些事情錯失了。

這時我媽會告訴我：「人生目標放遠一些。」

後來慢慢發現，在這些事情上追根溯源刨根問底，其實並沒有什麼意義，勝敗乃兵家常事，該認就認，大不了重來。

誰不是那樣走過來的呢。

抱怨，只是嘴上一時痛快，如果不付諸行動去改變，不公平的事情，不論過多久，還是不公平。這個世界就是如此，很難用我們一直以來所學的高尚道德為尺規衡量當下所遇到的一切。

我不是要你忍著、認命，只是憑你現在的能力尚改變不了生命現狀。兼濟不了天下的時候，能做的就是獨善其身。

與其讓你逞一時之快，我寧願你受一時的委屈。等你變得更加厲害，就是最好的報復。

進入社會才會發現，其他人很難給你想要的那種包容和溫暖，有時候他們還會顯得冷漠、功利、不近人情。從小被寵慣的我們不得不承認，自己原來是如此微不足道的個體，**那些我們以為如此親密的「情感」，常常與名利藕斷絲連，難**

得見真心。

黑暗骯髒的東西永遠都存在，並且難以調和。與其一味地抱怨世界、抱怨社會，不如留著力氣讓自己變得更好。

很多時候我們覺得不公平，其實是在埋怨自己沒能獲得那份「公平」。凡事沒有絕對的公平，想要別人公平地對待你，自己要先有與他人「公平」的本錢。當你變得越來越強大的時候，會發現這個世界反而變得越來越公平，甚至有時候自己像是被偏愛的那一個。

所以，遇到不公平的事情，保持冷靜，仔細衡量一下自己的得失，更重要的是，不要被眼下暫時的不如意蒙蔽了本該望向遠方的眼睛。

在這個不公平的世界，你要輸得起。

那些輸得起的，是能夠面對困境，順應卻又不屈服的人，他們能贏。

終其一生，成為迷人而豐富的某某

人有時會產生某種羞恥感——羞恥於過去喜歡過的東西、喜歡過的人、喜歡過的事情，覺得他們過時、幼稚，和如今的自己格格不入。其實這很好解釋，我們在逐漸成長，使自己能夠站在一個更高的層次回顧過去認爲足夠驕傲的事情。這是一種很值得開心的自我推翻。

毫不避諱地說，國二時的我曾經想變成班上的一個女同學。

平心而論，她說不上很漂亮，但是很聰明，成績很好，很喜歡笑，男生們都喜歡和她說話，女生也喜歡和她玩，老師也偏愛她。而我常常是在一旁陪襯的那個。

雖然我們關係還不錯，但不知道為什麼，一種「她什麼都比我好」的感覺還是不斷侵襲全身，甚至有些時候，望著她的背影，我會幻想著，如果我和她交換身分該有多好。

幻想破滅的時刻說起來其實很荒唐：有次英文考試，我比她高了兩分。

當我超過了我幻想中的「榜樣」，並沒有驚喜於自己的進步，反而有種莫名的失落感——一種習慣性的認知被打破，有些不知所措。

當她黑著臉上講臺去拿那份分數稍低的試卷時，我一直盯著她的背影，覺得往日的那種光環漸漸微弱，我卻有些難受：那是我第一次意識到，羨慕這種東西其實是暫時的，榜樣的堡壘有可能坍塌。

很多事情都是如此，**當那個被我們視為燈塔的人物忽然間不再有指引的作用，不要懷疑是燈光熄滅了，或許是自己已駛過了原先的目的地，不再需要他做**

嚮導。

人有時會產生某種羞恥感——羞恥於過去喜歡過的東西、喜歡過的人、喜歡過的事情，覺得他們過時、幼稚，和如今的自己格格不入。其實這很好解釋，我們在逐漸成長，使自己能夠站在一個更高的層次回顧過去認為足夠驕傲的事情。這是一種很值得開心的自我推翻。

◆

我沒有具體想過二十五歲的自己會是什麼樣子，畢竟變數太多，人們很難預料到以後發生的事情。

對我人生影響很大的Amy老師——我的高中同學讀到這兒應該會會心一笑——是我高一時的班導師，也是我高一和高三時的英文老師，她是我所遇過最迷人的女人之一。

那時候我們班的前任班導師剛辭職，她接管了我們這群「孤兒」，穿著色彩鮮豔的襯衫大步快速地走進了我們的教室。她不太像個傳統的老師，有時寬和通達，甚至會睜一隻眼閉一隻眼地開班上情侶們的玩笑；有時也很嚴厲，在我們犯錯的時候罰抄單字，甚至是罰錢當班費。

外籍教師每次說起她都會做出說悄悄話的模樣，笑得意味深長：「Tiger mother.」大家對她的態度分為兩派，有的同學很喜歡她，有的同學很討厭她。而我是她沉默而羞澀的腦殘粉。

Amy在那一群高中老師中顯得那麼格格不入。快四十歲的女人卻不結婚，是否信奉不婚主義，我們不得而知。不過她的確是個高齡辣妹，身材好到沒話說，衣服幾乎不重複，高級的背影殺手（至少大家都這樣說）。可惜的是年歲漸長，長期的工作壓力讓她的面容頗有些憔悴。她從不施粉黛，時常在我們早自習的時候站在五樓的欄杆前默默看著遠方的山和樹木，晨風迎面吹起她的長髮，也是賞心悅目的。

她或許覺得我們的生活太單薄無趣了，為我們創造了許多瑰麗的想像，給我們帶來了很多殘酷而瀟灑的心靈體驗。除了英文之外，她常常講很多課堂之外的東西給我們聽：她給我們看她在歐洲旅行的照片，講起和幾個閨密在義大利還是哪裡坐在街邊咖啡店看高個子的歐洲帥哥，遠遠瞄見指著人家大叫：「That's it!」全班在這個花痴班導師的手舞足蹈中一陣爆笑。

她要全班同學分組去當地育幼院看望孤兒，用這樣的方式告訴我們，能夠健康、快樂、沒有壓力地坐在這個教室裡學習知識，是一件多麼奢侈的事情。那也是我第一次踏入育幼院，才發現這個世界上真的有很多孩子，生來就不是那麼幸運的。

讓我印象最深的是她對於感情的態度。有次她騎電動車撞上了一輛小汽車，打電話給男朋友，男朋友得知車禍的第一句話是：「車沒事吧？」

「我當時的第一個決定就是分手。」她說。

那個時候，大多數女生身心還沒有發育完全；女教師們要麼剛剛實習結束成為正式教師，帶著一腔稚嫩熱情，要麼已經年過半百，頗有外婆風采。她是一個新鮮而銳利的存在，就像一把粉紅色的匕首，並不疼痛卻深刻地扎進了我的心。讓我開始想像一個並不遙遠卻一直混沌的問題：我要成為一個怎樣的女人？

在很長一段時間裡，我想要成為Amy那樣的女人。

在我踏過更多的土地，接觸過更多的人之後，我發覺自己其實終究不會成為Amy那樣的女人，縱使人在年少的時候，特別是身處封閉環境卻渴望與外界交手的年紀，那個帶來新鮮資訊的人往往會對其產生深刻的影響。

一個人成長的標記不在於一個確切的數字，不在於他終其一生成為了少年時榜樣的樣子，而在於他開始思考一個問題：我要成為一個怎樣的人，我要與這個世界發生怎樣的關係，我要以何種方式度過自己的一生。

就像褪去一顆果子的皮和肉瓤，敲擊一下堅硬的內核，想像一下這顆種子要在何時投入泥土，何時攫取養分，何時發芽，何時鑽破土壤。

你想成為的那個人，不是某個人的影子，而是脫離了具體形象，卸去光環之後，基於自身狀態的考量。

我為自己擬定了一個方向：終其一生，成為迷人而豐富的某某。

「迷人」是一個很有意思的概念。我這個人不會吝嗇對他人的讚美，可是在誇女孩子的時候或許用詞會有些差別。個人覺得「好看」不如「漂亮」，「漂亮」

不如「美」；而「迷人」是我評價女人的最高級詞彙。

然而這個詞已經被濫用了，正如滿大街都是「男神」、「女神」一樣，有些詞用得多了就開始有了廉價而隨便的意味。每次看到一些引人注目的文章標題，比如「怎樣才能讓男人迷上你」、「讓男人著迷的女人都有哪些特質」，都頗感無奈。靠手段和心機所產生的吸引只是一種低級的形態；真正的吸引是無意識的，是自然而然的，甚至是無法解釋的，就帶著神聖的意味。

一個人的魅力可不是簡單地獲得了異性的愛慕，還包含同性的好感、陌生人的善意乃至世間萬物的恩澤。

所以我認為，「迷人」的高級形態或許不是指對個體的征服，而是一種「讓世界為你展開」的狀態，有點像遊戲裡開了外掛的狀態。

如今似乎是一個「看臉」的時代，就連外婆都告訴我未來老公要找一個長得帥的。但這並不表示這是一個膚淺的時代。「好看的臉」可以是一個人「豐富」的一部分，但一個光有美麗包裝的人注定是無趣的，如同一張精緻的書衣，除了擺放，一無是處；而且隨著時間的流逝，這份美是會磨損的，並且有被替換的可能。

「豐富」主要是指內在。

而內在的東西就含義甚廣了，比如學識、涵養、審美情趣、處事能力等等。因為這些東西的存在，人生這本書才會厚實，有閱讀的價值。

同時豐富自己的外在和內在，把自己活成一本可供閱讀的書，從外在的裝幀到內在的文字，思緒清晰，有血有肉。感性和理性並存，讓人有翻開的衝動，並且願意長久地閱讀下去，這比單純成為一個「成功」的人更有成就感。

「某某」意味著不做一個被固定為具體狀態的人。

有次回宿舍，在樓梯間忽然被一個女孩子叫住，是個陌生的學妹，她和我說的第一句話是個問句。

「你是『維安記』裡的維安嗎？」

「……我……是的。」被人認出來，我有些驚訝。

原來她偶然追蹤了我的社群專頁，看到了介紹中的照片，因此認出了我。這件事情其實並不是我想要的結果，畢竟「維安」只是我的某一個身分，並不是我的全部，我不該讓「她」完全代替我的生活。

越是長大越恥於活成某種「典型」。

這個時代需要人刻意為自己貼上標籤，以求不會被輕易淹沒在大眾視野裡，也有了可供消遣的噱頭。但人應該是有很多面的，就像鑽石被切割成五十八個面而光芒璀璨，人的可能性遠遠多過某個具體數字。

這世界上有一種非世俗意義上的成功——找到更多隱藏在為人熟知的形象和狀態背後的不為人知的自我。支撐我們入世，享受社會生活的，是那為人熟知的一部分；而剩下的那部分寂靜的美好，則是我們存在的理由。

我並不奢求獲得每個人的友誼，
我也不會強迫自己去接受我不喜歡的人。
我的愛著實有限，要盡可能地給應該給的人。
我感激並且珍惜每一份眞心，
並且願意付出我生命中的一部分來滋養這一份關係。

我們短暫分離，長久惦記，
一直在想著對方，也一直努力讓自己變得更好。

每個人都常懷孤獨，
在良宴歡會的時候是意識不到的，
但當人群散去，發現自己除了抓住喝得差
不多的啤酒瓶，抓不住誰的手。

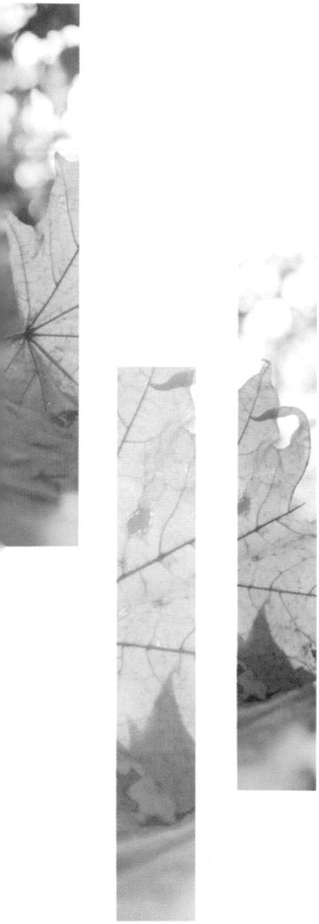

我們其實都有很多言語不被傾聽的時刻，
只能學著與自己共處。

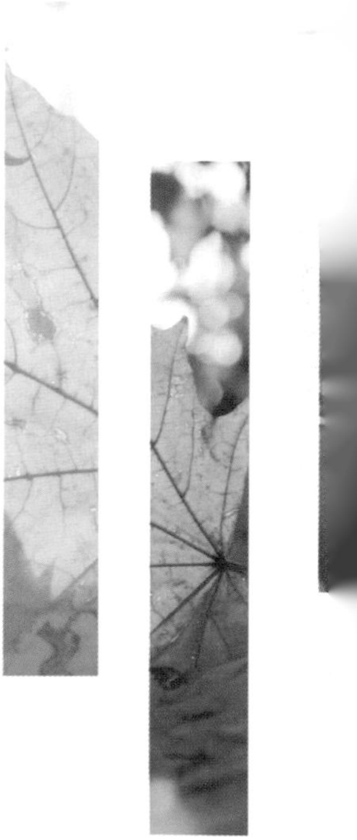

Part 2

沒遇見喜歡的人，就先遇見喜歡的事情吧

用自己年輕的生命去貼近這個廣闊的世界。要住一間樹屋，要開一家小酒館，要做一個永遠在路上的人。我不是從沒遇見愛情，只是不想太早棲息，我是不知疲倦的鳥兒，不停地飛，想要在落腳之前盡可能地觀賞這個世界。

如果還沒有遇見喜歡的人，或者只是有暗戀的對象，你所要做的事情就是一邊享受自己喜歡的事情，一邊努力讓自己變得更好。不刻意的等待是一段屬於自己的增值期。

有一天當你眞正遇見那個人，希望你們是用最好的狀態遇見彼此，若是合適當然幸運，若不合適，至少你一直擁著更好的自己。

承諾總易過期，不如我陪著你

我希望我們愛著彼此，也給彼此自由。你可以隨時走，我也有離開的權利。如果我們仍然停留在彼此身邊，一定是出於愛情本身，而不是爲了履行曾經一時衝動許下的諾言。這樣我們可以省下很多力氣，編織自己，也爲你編織紮紮實實的未來。

高中英文課，老師告訴過我們一個閱讀答題技巧，如何判斷題幹並排除錯誤答案：一般情況下，出現「must」、「only」等態度絕對的修飾詞，大多都是錯誤的。她的解釋也很浪漫：「因為人生中絕對的事情太少了。」

生命中常常充滿意外和驚喜，容不下太多斬釘截鐵的決定。當然，「排除過於絕對的選項」只是一種考試的策略，不知道在愛情中，這樣的決策是否同樣適用？

那些愛情中的承諾，大多形式大於內容——氣氛恰好，情境所需。當他說出「我會永遠愛你」的時候，你知道永遠有多遠嗎？

我見過最美的愛情故事，無關任何言語承諾。

我的外公出身於敗落的大戶人家，孩提時期玩著金鏈玉鐲長大，青年時期時運不濟，輾轉流離，成了一個能幹的工人，後來遇見外婆，兩人結婚。

後來外公因為出身問題入獄。那時外婆帶著一雙兒女，還懷著我媽媽，別人都勸她：「也不知道他什麼時候出得來，你這樣等著是什麼辦法？」外婆什麼都沒說，就一直等著。生活再艱苦，一家生計都壓在這個女人身上，可是她還要等。

終於時局好轉，外公從牢中出來，日子也算平靜美滿。可沒過多久，外公就中風了，剛開始只是雙腳行動不便，勉強扶著東西在家中踱步，後來雙手也不再靈活，只能坐在輪椅上，一日三餐都靠外婆照料。所以在我的印象中，外公和外婆常常有固定的位置：一個永遠坐在客廳的沙發上，一個永遠在廚房裡忙碌。外公中風那些年，是外婆最辛勞的日子，她照料他的飲食起居，有時候外公還發脾氣，氣得她直哭，哭著抱怨他幾句，還是幫他把嘴邊的飯擦乾淨。外公曾被送到養老院，外婆止不住想念，覺得他在那裡受了苦，又求著舅舅把他接回來。

後來外公走了，外婆每天還是很早就自然醒來。她不用伺候誰了，反而變得很難過。

她常常一個人坐在那張和外公共同睡了許多年的床上，喃喃自語著：「老頭子啊……」我起初以為她是在記什麼東西，後來才發現她是自顧自地和外公對話，依然是嘮嘮叨叨著生活的小事，蔬果食糧，柴米油鹽。

之前看《平如美棠》的時候很動容，裡面有一句話：「我們一生坎坷，到了暮年才有一個安定的居所，但是老病相催，我們已經到了生命的盡頭。」外公外婆那輩人其實比我們浪漫多了，他們含蓄矜持，不輕易把愛掛在嘴上。他們可能習慣了彼此埋怨，拌嘴吵架，卻在年歲漸高的時候，偷偷擔憂起悠長歲月，生怕不能共白頭。

我從來沒有聽他們說過「愛」，但他們用那個年代獨有的方式愛了很多年。

很喜歡科學家史蒂芬・霍金的傳記電影《愛的萬物論》，影片更側重於霍金與妻子珍的感情故事。電影的末尾，珍對霍金說出了一句：「I loved you, I did my best.」英文中的時態在此刻直觀而殘酷地表明了一個讓人難以接受的事實：我曾愛過你，全力以赴。

多年前，二十一歲的霍金被查出罹患會使四肢麻痺的肌萎縮症時，珍比周圍的人要平靜得多，她是堅持要和霍金結婚的那一個。多年後，飽受生活折磨的珍，再也扛不下去了，她是選擇放棄的那一個。

初識的那個夜晚，在星光燈火下擁吻的兩個人，一定無法預見這樣無能為力的未來。

承諾這種東西很美，美的地方在於真誠的「當下」，那份愛有「時效性」，是變化的、流動的，承諾不意味著永遠。比承諾更美的是，你不說太多，卻始終和我並肩前行，如果你實在走不動了，我也給你離開的自由。

關於未來，我大概不能給你最確定的答案，因為越是長大，越感到自己是難以控制生活的，時常被周遭環境捲入洪流。我的每一句「我愛你」都出自真心，但是它只是屬於那一個瞬間的想法。每一句「愛」一出口，話音剛落方成過去。

在《從你的全世界路過》裡，小榮對陳末說：「你知道女人想要的是什麼嗎？」或許她要的不是錢，不是蜜語甜言，不是你告訴她：「放心吧，我會永遠愛你、寵你，不會變心。」一個女孩最怕的，莫過於死守著一句空洞的情話，卻在對方身上看不到希望。她累積夠了失望，就會離開。

已經過了耳聽愛情的年紀，感情不再是說說而已。不再輕易許下感情的承諾，不再輕易為了一些小事情鬧脾氣，也不再盲目地相信彼此交換的真心。很喜歡這種感情觀：我做好了和你一輩子的打算，也做好了你隨時離開的準備，深情而不糾纏。

我希望我們愛著彼此，也給彼此自由。你可以隨時走，我也有離開的權利。如果我們仍然停留在彼此身邊，一定是出於愛情本身，而不是為了履行曾經一時衝動許下的諾言。這樣我們可以省下很多力氣，編織自己，也為你編織紮紮實實的未來。

愛一個人，不要給他過多的承諾，因為如果你不能保證實現諾言，這些承諾都會成為束縛自己的枷鎖，成為對方止不了渴的梅，充不了饑的餅。

愛一個人，也不要總要求對方許下什麼承諾，不要總把希望寄託在一句話上。你缺少的是安全感，口頭上的東西，只能受用一時，自欺欺人而已。「承諾」的保存期限太短，唯行動可以延長保鮮。說一萬句「我愛你」以示真心，不如讓我在通向未來的那條路上，看到你努力而認真的身影。

而我，亦陪著你向前。

總有一個人，給你巴掌又給糖

我想每個人的青春裡好像都有一個幫忙出謀劃策的好兄弟或者好閨密，他們通常都沒幫上什麼忙，還到處惹禍，弄出那麼多亂七八糟的難纏的事情。但要是沒有那麼多奇葩而矯情的事情，沒有那麼多性格鮮明的人，我們短暫又乖巧的十七八歲，該是多麼無趣。

每個人的青春裡好像都有一個幫忙出謀劃策的好兄弟或者好閨密。大多數時候他們並沒派上什麼實際用途，因為決定還是自己做的，勇氣還是自己鼓的，表白還是自己開口的。

但是如果沒了那些人，十七八歲的年紀，就像看起來鼓鼓的口袋，原以為裝滿了大鈔，其實掏出來是一疊白紙，不免讓人有些失望。

你以前是否當過誰的「愛情諮商師」呢？在那個不相上下的青澀年紀，大都自以為已成熟得可以為世間男女排憂解難，彷彿在紅塵俗世走了一遭又一遭的觀世音菩薩，指點江山般地告訴那個為心上人煩惱的男孩子或者女孩子：「他是你的命中注定。」

這些看起來像小大人的男生女生們，嚴肅而認真地「扮家家酒」，一群好友相互頒布「神諭」，圍繞著那些小秘密和小心思展開一場普度眾生般的救贖。

在十七八歲的時候，我就做過月老和觀世音，熱心地為一個苦於暗戀的男生排憂解難。

我們高一時是同班同學，又住同一個社區，他臉皮厚，經常來我家蹭電視看球賽或者蹭個飯，有時也蹭我們家的車一起去學校。一來二去我們熟絡起來。那男生不說話的時候樣子清清秀秀討人喜歡，五句話以內還讓人覺得他表達能力不錯，可如果他再多說幾句，一般人都會有點煩了。

同學們都習慣了，提到他的時候，大家都覺得整個世界被加上了一層浮誇的濾鏡，空氣中充滿了嫌棄的味道。他還自我感覺良好，經常自比吳彥祖。甚至現在，每次打電話給我，他總是會說：「我那麼帥，你有沒有想我？」因為太熟，彼此之間也沒有那麼多的顧忌，說起話來夾著半真半假的調侃和諷刺。

明明他身上全是讓人討厭的特質——自我感覺良好，做事不可靠，浮誇，可是我卻無法討厭他。原因無他，只因我親耳聽他哭過，一個大男生，哭得我一個女孩子的心都軟了，自己瞬間變成了要保護他的巨人。

他喜歡我們班一個女生，苦苦追求，天天創造機會和人家裝熟，可惜那個女生不吃這油膩膩的一套，根本不理他。他表面上還是一副嬉皮笑臉的模樣，似乎毫不在意。

那時我和他的座位只隔著一個走道，平時和他多說了幾句話；恰好我和那女生又是好朋友。於是就在某個週末的晚上，我接到了他的電話。他像是一個破了個大洞的水桶，嘩啦啦地把所有情緒透過電話向我倒出來。他說自己有多喜歡她，為她做了什麼，可是人家不喜歡他，他覺得傷心絕望人生黑暗……然後他就哭了起來。

他邊哭邊說，還不允許我插嘴。於是我只能枕著電話一直聽他自言自語，從喜歡的女生，說到他看過的佛洛伊德的書，又說到什麼好吃……我記得掛電話時他講到了文藝復興。看看時間，已經是凌晨四點。

因為這一通電話，我用我僅有的耐心，冒著被爸媽懷疑的風險，和他結下了深厚的革命友誼。從此以後，回憶起青春中很多重要的時刻，都有他的印記。

—◆—

人生中第一次喝酒也是和他一起。那時我心情不快，整個人如同火藥，一點就炸。適逢春節假期，我待在房間一個人生悶氣，他找我出去吃飯：「你下來，我帶你去喝酒。」

那年冬天出奇的暖，我穿著襯衫和針織薄外套，他只穿了一件薄薄的格子襯衫。我們在市區吃了飯，然後去超市買酒。他本來想拿啤酒，可能是看到我一臉乖寶寶的氣質，後來只拿了兩瓶酒精含量低的水果酒。

我們坐在橋下的石凳子上，一邊喝酒，一邊看河對岸的人放煙火。

那些彩色的斑點升上天空，爆炸，然後墜落。水面把天空的斑斕也收納到水裡，於是眼之所見都是綺麗的光亮。

他拿著酒瓶碰我的酒瓶。

煙火升上天空的一瞬間太美，不知不覺我的眼睛模糊了，眼前的一切如同發亮的油彩。

「你就不能堅強點嗎，哭什麼哭。」他一臉嫌棄地看著我。

我幾乎沒有注意到他在說什麼，只覺得一切其實都沒那麼重要了，只要像煙火一樣勇敢地衝上天空，勇敢地把最閃亮的部分展現出來，至於結局，就都別想了。

我對他說「乾杯」，然後把一整瓶酒都喝光了。

那是我們如煙火般粉身碎骨又美得不可一世的十七歲。

這些事情已經過去三四年了，有時候提到他我還是會皺起眉頭，因為他身上的很多特質的確是我不喜歡的。可是每年我都能收到他的禮物。

高二的時候他一個人去外地闖蕩，帶了一盒礦石標本回來給我。

高三時他從外地坐五個小時的車回來，打包了一碗乾麵給我，送到我手上的時候麵都結成一大塊了，他硬是逼著我把那一大塊麵團吃下去。

十七歲生日的時候，他送給我一個說不出是什麼東西的精巧吊飾；十八歲生日的時候，收到的是一個巨大的龍貓娃娃；十九歲生日的時候，是一個幾米「向左走向右走」主題的巨大音樂盒；還有一次生日，他把我的照片都列印出來，訂成一本小冊子送給我——雖然全是我最醜的黑歷史照，配上他自己創作的自認為是文壇絕唱的詩歌。

他在人前穿得整整齊齊裝模作樣地耍帥，卻總是在我面前活得像個失業的無賴。

我看過他那亂得讓人想一把火燒掉的書櫃和床，也看過他每天熬夜寫程式後滿臉疲憊，頭髮像雜草一樣的邋遢模樣。

如今我們都長大了，上次去找他的時候，他還是一副不可一世的小混混模樣，他說：「你快來，我請你吃飯吧。」把我騙過去之後，點了一大桌子菜，然後他說：「大姐，你不應該看在我這麼帥的份上請我吃一頓嗎？」

真想一巴掌呼過去。

我每次拿他哭那件事情嘲笑他，他也只是不屑一顧地笑笑：「垂涎我帥氣的美女已經從巷口排到巷尾了。」

「那你怎麼還沒有女朋友？不應該啊。」

他癱在沙發上抖著腿：「本帥哥這麼忙，哪有時間泡妞。」

還是無意中發現，他的手機開鎖密碼仍然是那女生的生日。

有朋友說，他對你這麼好，難道不是喜歡嗎？

我想，這種感情不能算是愛情，可定義為朋友之情又太輕。三言兩語無法概括這種陪伴。有時我覺得我們甚至說不上是好朋友，因為一忙起來幾乎把對方忘了，不聯繫，也不想念。忽然一個電話打過來，不到三句就開始互相嫌棄，聽到他損我，其實我還滿開心的：你應該過得還蠻好的，那就夠了。

在那個願意為了愛情和夢想兀自向前奔跑的年歲，有個人總會在我身邊毫不留情地說些風涼話包裝起來的大道理。

他會在你為了愛情要死要活的時候給你一個耳光，說「你怎麼這麼傻」；而當你為了一點小事丟盔棄甲的時候，他又會給你一顆糖，告訴你「哭什麼，再哭就更醜了」。

那個人把你那些漫無邊際的幻想啪啪拍得粉碎，指著天上的星星告訴你「你做夢都摘不到」，又會告訴你「往前衝就好了，哪天你實在無處可去了，我家陽臺可以借你睡」。

要是沒有這樣的人，我的青春好像也平淡得不那麼值得懷念。

我想每個人的青春裡好像都有一個幫忙出謀劃策的好兄弟或者好閨密，他們通常都沒幫上什麼忙，還到處惹禍，弄出那麼多亂七八糟的難纏事情。

但要是沒有那麼多奇葩而矯情的事情，沒有那麼多性格鮮明的人，我們短暫又乖巧的十七八歲，該是多麼無趣。

幾年未見，朋友們的戀人已經換了一批

之前我對於「一生只夠愛一個人」也有種執念，現在偶爾會懷疑，覺得一生只愛一個人，有時候也可能是一種殘酷。在最開始遇見愛情的時候，我們其實並不知道自己想要的是什麼樣的愛情。倘若爲了愛情的「永恆」而死撐，反而是另一種不忠誠。

前些天發了一則動態，很快有幾個人按讚，其中一個是我閨密的男朋友。那個男生我只見過一次，印象還不錯，平時也沒什麼交流，就沒在意。過了一會兒，又有一個人按讚，一點開，備註的名字竟然是「ＸＸ的男朋友」——ＸＸ就是我那個閨密的名字。

我過了好一陣子才反應過來：「哦，這個是她前男友，他們早就分手了，我這邊的備註卻忘記改了。」

高中畢業兩三年，ＳＮＳ上的老朋友還是那張臉，一旁依偎著的那位倒是換了人。他們在照片裡笑容燦爛，不知道是不是遇見了更合適的愛情。

這才忽然發現，幾年未見，我周圍很多朋友的戀人已經換了。

「誰是你的新歡？誰是你的舊愛？」這話不帶褒貶，只是忽然想起就恰好聊聊。就像深夜行走了很久，停在一間小酒館歇息，脫下厚厚的外套，觀察肩頭袖口那朵快要融化的雪花。

每次老朋友相見總是免不了八卦一番，談到過去如膠似漆的兩個人，不由得嘖嘖感慨：「真沒想到彼時海誓山盟的人，如今再也不相往來。」

說起來很諷刺，也很無奈。原來被我們看好的那幾對，現在都沒有讓我們開玩笑的機會了。他們彼此見了面會尷尬，我們提到時更尷尬。

高中時有一對頗為傳奇的資優情侶，大家都說是天造地設的兩個人，十分相配。高三的時候，女方寫了長長的故事，回憶和男方的戀愛經歷：高一的時候為了接近他，她去學了程式設計，軟硬兼施，最終把對方追到手，兩人常常一起參加競賽，各有所長，一時傳為佳話。男方也是公認的「好男人」，對她寵愛有加。很多人都抱著以後要去喝喜酒的心態調侃他們。畢業後，兩人分別去了不同的大學，本以為高智商的人談戀愛會穩定而和諧，沒想到終究還是沒走到最後。上次有人提到他們的時候好像是冬天，曾經很暖的愛情，被說出來的那一刻，哈出的白氣模糊了眼睛。

我另一個閨密，上大學之後和一個比她大幾歲的學長交往，我還曾去他們的租屋處做客。如今學長已經進入職場，她也常常為他「洗手作羹湯」，精打細算的時候真是賢慧得沒話說。幾年前她身邊是另外一個人，那個曾經陪她吃一日三餐外加宵夜，每天送她到宿舍樓下的男孩子，如今大概正在某個大雪茫茫的城市，不知道她會不會偶然想起他。

——◆——

彼時令人羨慕的情侶們如今四散天涯，是因為距離太遠？觀念轉變？或者是遇見了更加合適的人？分手的具體原因我們都不得而知。

有人說，是因為感情不純粹了，摻雜了很多新的欲望——男生見到了更多的漂亮臉蛋，女生也開始追求更好的生活，於是戀愛成了一種盤算，一種手段，一種暫時排遣寂寞的方式。

我並不是很認同，有時候與一個人說再見，並不是因為對方給不了物質上的滿足，而是因為精神上已不再合拍。

有個女孩子問過我一個問題：「我換過好幾個男朋友，是不是意味著我不好？」

之前我對於「一生只夠愛一個人」也有種執念，現在偶爾會懷疑，覺得一生只愛一個人，有時候也可能是一種殘酷。

在最開始遇見愛情的時候，我們其實並不知道自己想要的是什麼樣的愛情。倘若為了愛情的「永恆」而死撐，反而是另一種不忠誠。

如果你每次面對愛情和戀人都是真誠的，沒有把戀愛當作遊戲或者排遣寂寞的方式，那麼在你遇到最合適的之前遇到多少錯的都沒關係。

人在成長，感情觀也在成長。

九分無奈，十分現實。

時至今日才明白，承諾這件事情，不要隨便說出口，誰教人生變數太多，我們一不小心就會打自己的臉。

看看這些老朋友們，才分別幾年就變化如此大：從短髮素顏到塗著蔻丹掛著耳環燙著頭髮，從襯衫球鞋到西裝領帶，從說話大剌剌傻笑嘻嘻到委婉客套應酬味十足。

時間過得太快，從彼時到此刻是一部還未放完的電影，只不過前面部分過於拖遝和冗長，在記憶裡喧賓奪主，給人一種那本是永恆的錯覺。而我們這些唯恐天下沒有八卦的旁觀者，也漸漸學會了設身處地理解他人，都明白各有各的無奈，各有各的難。

從最開始驚訝著：「再也不相信愛情了。」

漸漸惋惜：「你們還能和好嗎？」

繼而接受：「其實分手了也不可惜。」

到後來完全理解：「還會遇見更好的人。」

國中的時候，英文老師為了勸誡我們不要太早談戀愛，一根手指推著眼鏡，苦口婆心地說了一堆大道理，可我記得的只有一句：「你們現在在學校裡，最多只能遇到幾千人，你以為你找到了真愛，其實只是錯過了未來與更多人相遇的機會。」

當時真的覺得太有道理了——好好讀書啊，哪個國家的帥哥泡不到？現在想想也很意味深長，愛情這件事情是經不起比較的，有比較就會有落差，有落差就會不滿足。人都是會貪心的，如果有選擇的機會，就會開始動搖。

大家都是摸著石頭過河，沒有人是從一開始就知道自己適合什麼樣的人的。要是愛上的第一個人就是對的人，那該多幸運，多難得。可大多數人都沒有這種幸運，大多數人都慢慢對這份不幸運有了包容。

所幸還是有人願意一直愛著，他們願意為了過去的一句話，或者為了那個女孩子單純無邪的傻笑，把曾經的玩笑話變成傳奇。

越長大越發現，其實我們已經夠累了，自己的出路都不太找得到，更別說兩個人共同的出路了。關於愛情的幻想不再天馬行空，變得更實際，更具體。

從「牽著手周遊世界」到「能租得起一個溫暖的房間」；從「你喜不喜歡我」到「你家人喜不喜歡我」；從「相愛到永遠」到「努力再多愛一天」；從整夜想，到不敢想，到不去想。

我們對於愛情慢慢有了明確的期待，卻不敢有太多期待。後來發現，順其自然，是最懦弱，卻也是最有效的方法。

有多少人是真的想要放棄？只是不喜歡失望和將就罷了。寫到這裡忽然覺得心裡很酸，很多人的面孔重新出現在腦海，有的人還經常聯繫，有的人不知道此刻遠在何方。

我的朋友們啊，無論幾年之後你挽著誰的手走進婚姻的殿堂，無論我知不知道對方的名字，我都會發自內心地祝福你的選擇。

最後祝我那些還沒有找到愛情的朋友們：

戀人不換太多，早點遇到一生所愛。少遇見幾個人渣，在愛情裡平坦快活。

沒遇見喜歡的人，就先遇見喜歡的事情吧

很多人覺得在戀愛中，拉長「距離」意味著不安全，就像羊跑出了牧羊人的視野，驚慌失措，不見了對方如同天塌下來一般。其實兩個人的戀愛裡眞的需要一個「距離」，如果沒有距離，沒有私人空間，我們會失去理性，無法呼吸，無法眞正做自己。

很多時候戀愛失敗，不是因爲我們失去對方，而是因爲先失去了自己。

我常和周圍朋友說：「我覺得在大學這個階段，最好的感情狀態是單身或遠距離戀愛。」

事先說明，我不是反對校園戀愛。可能在我看來，戀愛是一件可遇而不可求的事情，需要運氣，與其拚命尋找，倒不如順其自然。

太多太多人只顧著羨慕身邊你儂我儂的愛情——羨慕每晚宿舍門口上演的韓劇般的吻別；羨慕雙雙對對一起上課吃飯；羨慕在忽然下雨的夜，一臉疲憊的女生走出圖書館時，頭頂忽然出現一把傘。

在所有略顯孤單而尷尬的時刻，心中有那麼一點點期盼和埋怨——如果喜歡的人在身邊就好了，或許每一天的疲憊，都會在一個擁抱裡消散成甜蜜泡沫。

與此相比，與自己的「戀愛」倒是美妙不少。我雖然有男朋友，只是分處兩地，平日難得相見；在更多的時間裡，我覺得自己能夠和喜歡的事情在一起，自在如風，倒有著說不出的快樂。

高中時班上有個女生，長得白白淨淨，有雙好看的大眼睛，說話溫柔，帶著好聽的尾音。她愛音樂，愛旅行，愛小動物，笑起來的時候也像是溫順又迷人的小動物，讓人心生憐惜。我很喜歡她，覺得那些舒緩的英文歌曲像極了她，每個字詞都絲絲入扣，美到恰好。

大學時聽說她談戀愛了，對方是朋友的朋友。她給我看過照片，高大帥氣，清秀斯文。我心想他和她真是相配。

本以為他們兩人同校，沒想到隔了很遠的距離。要是要見面，大概得花好幾個小時。

她說：「沒關係啊，我們每天就固定時間聊聊天好了，各自有自己的生活，他平時也很忙，可以用手機的時間少。剩下的時間，我可以繼續做自己喜歡的事情。」

她每天的生活很充實，我在SNS上看到她最近的照片，穿著藍色的裙子在海邊，她好像比以前瘦了些，出落得更加漂亮。

她是懂得拿捏的女孩子，給人自由，也是給自己自由，心安的時候，總會從容許多。

很多人覺得在戀愛中，拉長「距離」意味著不安全，就像羊跑出了牧羊人的視線，驚慌失措，對方不見了就如同天塌下來一般。其實兩個人的戀愛裡真的需要「距離」，沒有距離，沒有私人空間，我們會失去理性，無法呼吸，無法真正做自己。

很多時候戀愛失敗，不是因為我們失去對方，而是因為先失去了自己。

——◆——

昨天我又看見她發動態了，短髮的她好像打了耳洞，戴上了耳環，抹了顏色很正的口紅，畫了眉毛，紅色的連身裙線條明朗。平日她總是寬T恤、寬褲，中性打扮，今天的她紅裙淡妝，還是那樣不做作地瘋狂大笑，卻嫵媚不少。

她是我在大學認識的同學，大一時我們在一個社團，交集並不多，只記得她有著好看的側臉，笑起來的時候有點像偶像劇裡那些並不是很甜美，但是調皮得讓人著迷的女主角。

剛開始印象不深，可因為一件事情，我對她刮目相看。

那時候木心美術館正處在籌備階段，我們只是聽說，並不太關注。偶然的一天，我從SNS上看到，她正在場館裡幫忙布置，做著前期企劃。她學陶藝，她寫文案，她和一群熱愛木心的人一起籌備著一場特殊的紀念。她說她真是愛死木心先生了。

我想：「愛死一個已經不在的人是什麼感覺？」等我有幸去木心美術館，在昏黃的燈光中看到老先生的畫，驚訝於精巧的方寸之間竟容下萬物靈光；讀他的詩句斷章，才發現如此有趣的人已經逝去，著實可惜。

我大概懂她的心情了。

她不過是一個二十歲的女孩子，能愛著一種情懷，並且會去追尋。她是很優秀的人，卻並不自知。

有次她無意中聽到我的Podcast，留言給我，說：「我好喜歡你的聲音喔。」

我說：「我好喜歡你喔。」

我是真的喜歡她，她身上有種說不出的果敢與灑脫。她是那種可以為了自由不顧一切的女生。她和陽光瘋狂地約會，渾身曬成古銅色的時候也很美。

我多麼羨慕那種如火焰一般的念頭，綿延不絕，直至燃燒掉所有的猶豫，剩下的只有奔赴。

她的「戀人」真的很多啊——色達的彩旗，墾丁東面的太平洋，美奈海邊的晨光，和所有異鄉的月亮。

我喜歡這樣的生活狀態，用自己年輕的生命去貼近這個廣闊的世界。她要住一個樹屋，她要開一家小酒館，她要做一個永遠在路上的人。她不是從沒遇見愛情，她只是不想太早棲息，她是不知疲倦的鳥兒，不停地飛，想要在落腳之前盡可能地觀賞這個世界。

她的社群帳號的關於寫著：「願我們永遠知行合一，自在如風。」

說實話，現在的我已經很少去羨慕一個人了，但著實佩服她的勇氣，羨慕她的生活，也真心為她感到高興。她比我周圍很多人都活得自由，不是因為她去了很多地方，而是她總想盡辦法去實現自己的念想，讓自己從喜歡的事情上汲取不竭的快樂。她的自在雖如風，卻很有分量。

—◆—

雖然很多女孩子總愛對著某些男明星激動地叫「男神」、「老公」，但我相信大部分其實早就理性地思考過對愛情的標準，她們明白誰可靠，誰穩重，誰合適，誰是自己真正傾心的，她們不會輕易把自己的心拋給一個人。

她們並不是沒有機會戀愛，只是她們覺得一個人也可以享受到足夠的快樂，這樣也很好。

電影《享受吧！一個人的旅行》用三個地方來闡釋一個女人生命中重要的三樣東西：美食可以飽腹，祈禱和盼望可以讓心靈自給自足，戀愛如同身外之物。愛情不應該是麵包，而是調味料；不是不要，只是他的肩膀可以休息停靠，卻不應是救命稻草。

以上是我對於三樣東西的理解。我從來不認為戀愛是生活的全部，相反，它是生活中很有趣的一部分，可以是調劑，卻從不是必需。

如果你正處於甜蜜的戀愛狀態，記得給自己和對方留一定的距離。有韌性的關係，面對時間才最耐磨。

如果還沒有遇見喜歡的人，或者只是存在暗戀的對象，你所要做的事情就是一邊享受自己喜歡的事情，一邊努力讓自己變得更好。不刻意的等待是一段屬於自己的增值期。

有一天當你真正遇見那個人，我希望你們是用最好的狀態遇見彼此，若是合適當然幸運，若不合適，至少你一直擁著更好的自己。

愛你不自由，不愛你也不自由

我對於自己從未認真地看過我從小熟悉的城市正在經歷怎樣的變化感到慚愧，正如我會忽略父母漸深的皺紋和漸少的頭髮。

那種感覺是驚愕的，是心酸的，是自顧自在二十歲出頭的鮮活歲月裡狂歡展望，卻忽然瞥見步入半百之年的他們已經無力談及任何夢想。

這世界上有一種矛盾叫作「在遠方的時候想回家，回家了又想往外跑」。

這座港灣可能有些無聊，風景單一，不刺激，充滿了市井喧囂，但是在外面經歷了大風大浪、漩渦暗湧，反而開始懷念那個有點落後、有點無聊，充滿雞毛蒜皮和囉唆的地方。

聽過一首歌叫〈不自由〉，唱的是對一段愛情關係不再有熱情之後逃離的渴望，有一句歌詞是：「愛你不自由，不愛你也不自由。」今早起床忽然想到這句歌詞，又想起剛離開的家，於是寫下這篇文章，將歌詞當作題目，放在這裡覺得恰如其分。

我每次離家返校，幾乎都是搭早上七點半的班機離開，寧願帶著睡意摸著黑爬起來，為的是在清晨時看一看家鄉熟悉的大地，天氣尚好的時候，陽光剛穿透晨霧，會看見這裡獨有的喀斯特丘陵地貌，清秀而綿延。

從鄉間到都市，從青山綠水到高樓大廈，從此家也成了遠方。

上一次搭飛機返校，凌晨四點半就爬起來收拾東西，五點半出門，爸爸開車載著我在清晨的大馬路上駛過。小時候常去的店家早已不在，熟悉的百貨公司前新建了天橋，知名的飯店門口一大片地方在修路。

離家求學不過三年，家鄉的城市建設已經把記憶侵蝕得面目全非。真不知道下一次回來，這座小城又會陌生幾分。

我對於自己從未認真地看過我從小熟悉的城市正在經歷怎樣的變化感到慚愧，正如我會忽略父母漸深的皺紋和漸少的頭髮。

那種感覺是驚愕的，是心酸的，是自顧自在二十歲出頭的鮮活歲月裡狂歡展望，卻忽然瞥見步入半百之年的他們已經無力談及任何夢想。

半個多小時的車程，我和爸爸有一搭沒一搭地聊天，為了能把他的聲音聽得更清楚，我特意把車窗關上。

即使是寒假，也不是每天都能見到他。爸爸的大部分時間被工作占據，加班，加不完的班；而我除了上課、寫稿子，還有很多同學朋友之間熱鬧又平淡的約會。我們忙著各自年紀裡不鹹不淡的瑣碎，靜下來好好交談的時間微乎其微。

每次進安檢之前，我都會擁抱他一下。在我伸出手的時候，他也伸出了手，那種默契的下一刻就是又一個長達四五個月的分別。我第一次回頭，爸爸站在那裡看著我；我第二次回頭，他還在揮揮手；我不敢再回頭了，再回頭會哭出來的。

◆

這次回家前，我就告訴自己，要多和家人待一些時間，特別是和奶奶、外婆。

爺爺走了之後，奶奶就搬來和我們家同住了。我讓她和我睡一個房間，這樣她不會太寂寞，每天睡前還能有人一起聊聊天。老人的作息習慣和年輕人很不一樣，睡得比我早，也起得比我早，睡眠還很輕，我一走進房間，她就醒了。

陪奶奶回舊家收拾東西，平常五六分鐘的步程，那天我攙著她慢慢悠悠地晃了二十分鐘。路上偶爾提起爺爺，奶奶一反平常電話裡的樂觀：「那有什麼辦法，你爺爺丟下我了，我一個人怕得很。」她說著說著忽然在交通尖峰時刻的車水馬龍裡抹眼淚，我趕忙轉移話題。

家人常常都是脆弱的，只是我們離得遠，所以那些情緒偶然洩露的縫隙常常會被忽略。但看不見不代表不存在，它們會在某一個時刻忽然崩潰，讓人猝不及

防。

我買了兩大袋的杏仁和腰果給外婆，媽媽說外婆很愛吃這些東西，卻總是嫌貴。儘管我告訴她是拿稿費買的，還是被她念了半個小時，硬是要給我一千塊錢。

我苦苦勸說無果，於是把兩袋堅果分成了六小袋，這樣每一袋就只有幾兩：「你看，我下次回來可能是五六個月之後了，你就當我每個月買一小袋給你好不好？」

她忽然就不說話了，半晌才說：「好。」

我的鼻頭又是一酸。

一些親人離開之後，記憶中有些影子好像被打碎了，小時候腦海裡的那棵「家庭樹」好像不再那麼蔥鬱，開始落葉，開始枯萎。有次和哥哥說起這些事情，他沉默許久：「你怎麼總是把自己搞得那麼傷感。不過也沒辦法，生活就這樣。」

「有些人，見一面就少一面。」這句話不是危言聳聽。

———◆———

很多朋友放假回家好像過得並不愉快。

和幾個閨密去吃火鍋，筷子在鮮紅油亮的鍋裡攪來攪去，熱氣騰騰的花椒味裡，說出的話都是瀟灑而響亮的。

一個朋友說：「終於回學校了，在家裡真是快受不了了。」她舅舅苦口婆心地要她好好考公務員，找一份穩定的工作。可是對於這個女生來說，公務員並不是最心儀的選擇，她不想在單位裡面對上下級，也不想朝九晚五沒有變化，更不想靠著親戚的關係做著一份姑且「穩定」的工作。

我們的上一代，常常用他們那一代的方式來「為我們考慮」，縱使這個方式在今天已經快過時了。在我們詫異、無奈，甚至厭惡他們那些框架和規矩的時候，可能會忽略一個事實：我們以後目之所及的世界的廣闊程度，可能他們這一輩子都抵達不了了。我們所面臨的機會、上升的空間，對於他們來說，也只能心有餘而力不足。

他們的精力和體力已經無法支撐他們再次認識這個飛速發展的世界，他們或許正在慢慢地和上升的時代脫節。

你一定也在某個時刻這樣想過：等我有了能力，我一定遠遠地離開家，你們誰都找不到我，也管不了我。

高中畢業的時候，我也是帶著自以為是的「叛逆精神」企圖逃脫。

等我真正有了能力，可以逃了，反而覺得離不開了，就算走得再遠，心中還是隱隱地有什麼東西牽掛著，哪怕跑到天涯海角，始終被繫得牢牢的。

或許這條鎖鏈自我出生起就已經無法斷絕了，那就不要扯斷它，讓它永遠鎖住我吧。

向家妥協的人是個失敗者，向家妥協的人也是個英雄。理解家人的不理解，包容家人的不包容，接受他們和我們之間必然的分歧，並努力在做自己和讓他們開心之間保持一個平衡。

要知道，這世界上，覺得你最沒用的是你爸媽，覺得你最優秀的還是你爸媽。不要讓他們失望，也不要讓他們傷心。

汪曾祺的〈冬天〉裡有一句：「家人閒坐，燈火可親。」

離家求學幾年，見過了異地絢爛的燈火，江岸通明的夜景，始終覺得少了點什麼。汪老先生這句話，雖然只有八個字，讀到的人光是想想那場面，心裡就不由一暖。

我是很獨立，並不代表不需要你

不知道爲什麼，這個世界把女生們的努力推至一個極端：你要努力啊，拚命啊，硬撐啊，這樣什麼都會有的——你會變美，會成功，會有錢，會有愛你的男朋友。

所以她們兀自向前奔跑，覺得愛情是小女生才想要的彩虹糖，而爲自己奔忙的人，是沒時間停下來談論兒女情長的。

我的朋友藍真心小姐長了一張嬌氣小女生的臉，卻活得很豪邁。

她是我見過最會找自己麻煩的女生，一個人從南跑到北，實習、做企劃、在戲劇節做志工，每天像打了興奮劑一樣，東奔西走，馬不停蹄。

一直以為藍小姐的生活裡是不需要愛情的，或者說，她還沒遇到看得上眼的愛情對象。直到那天她偷偷跑到我的社群專頁留言，把自己的小秘密吐露在了密密麻麻的留言裡，我才知道了她的故事。

暑假實習的時候，藍小姐遇到了一個她認為對的人。

對方是研究生，而藍小姐剛上大三，兩人因為一個交流活動相識。在遊覽車上，藍小姐向大家報告接下來兩天的行程，發現有一雙眼睛一直盯著她，帶著微笑。本來有些緊張的藍小姐被溫柔地注視著，讓她覺得好暖，她看著他的眼睛，不緊不慢地把話說完。

那雙眼睛的主人，我們姑且叫他「微笑先生」吧。

微笑先生真的很迷人啊，他努力認真，但又有自己的困惑，這些都是藍小姐告訴我的：「他和我之前接觸過的強者不同，些許幼稚顯得真實。他有愛心，曾去偏鄉教書一年。他又有野心，為自己的人生做好了清晰的規劃。他豐富又美好。」

那天晚上有唱歌活動，藍小姐和微笑先生唱了一首梁靜茹的〈暖暖〉。藍小姐看著比自己高了三十公分的他，心裡覺得甜甜的，但她什麼都沒有表現出來。

一開始工作，藍小姐如同開了外掛般馬力全開，從夢幻的粉紅色泡泡裡蹦出來，蹦回了自己平日的狀態。

藍小姐其實有些惦念他，可是什麼都沒說。活動快結束的時候，微笑先生告訴她：「你很理智，很堅強，我喜歡和你相處的感覺，可是，你這樣的女生，應該不需要男朋友吧。」

藍小姐真想把自己變成一個大口袋，從裡到外翻的徹底，告訴他：「你看到的，根本不是全部的我啊！」

以前覺得是自己不夠好，才吸引不了這樣優秀的人，所以藍小姐一直把那顆少女心悄悄放下；好不容易遇到一個想要踮起腳尖去搆的人，對方卻回以如此可笑的答案。

她說了一句讓我很動容的話：「他是真誠地認可我，也是真誠地不喜歡我。其實我很沒安全感，也總希望自己也是一個能被人小心呵護的女孩子。可能在他眼裡，我不需要被照顧，因為我一直看起來活得很好啊。」

其實很多女生都是這樣的，扭得開瓶蓋，搬得動水桶，自己修電腦、換燈泡，二十八吋的行李箱徒手扛到四樓，開心起來好像陰霾四散，一轉身，瀟灑得落葉都紛飛起來。

她們因為害怕，因為覺得自己配不上好的愛情，於是把自己的頭高高揚起，一心都在工作上，為自己刷上一層「女強人」的保護色。可是那些內心的不安全感是無法完全靠工作彌補的，騙得過在眾人面前笑得從容的自己，騙不過獨自失眠時的不安。

藍小姐苦笑：「對方一直說我強大，真心認可我的能力，到頭來都沒把我當女人看。」

我是女強人，可我追根究柢還是個女人啊，內心的柔情似水，也沒有人凝望。我的強大是給別人看的，拿來掩蓋自己柔弱的一面，可是你怎麼這麼笨，偏偏只看到我的偽裝。

—◆—

曾經和幾個認識的男生一起吃飯，酒足飯飽之後聊起某明星離婚事件，本來無心踏足理科生的世界，卻聽到幾個大男生感嘆：「有這樣的老婆真的好可憐，心疼他。」

我忽然有了聊天的興趣：「那你想找什麼樣的？」

一個說：「聽話、乖乖的吧，我們這些平凡人也不奢求娶到什麼千金小姐，只要找個溫柔賢慧的就夠了。」

另一個說：「現在有些女生太強勢，確實很能幹，讓人仰望、佩服、稱讚，卻不會讓人愛上，找女朋友還真的不敢找這樣的。」

我步步緊逼：「那她不工作待在家裡相夫教子，你養她囉？」

他們點點頭。

我這個「直女癌」一聽就生氣了：「萬一哪天你出軌了，或者沒有工作了，她該怎麼辦？」

對方無話可說。

且不說誰對誰錯，想想也真是一件很矛盾的事情啊。女人的年輕美貌會隨著時間走下坡路，男人的財富和工作經驗會慢慢累積增加，如果不讓女人擁有自己的生活和事業，那是否意味著年老色衰的時候只能做個待選項？

在過去，社會對女性的定位是「相夫教子」、「賢妻良母」，而如今的女生們變得越來越獨立，這其實是一件好事。

努力是為了替自己累積本錢，讓自己在這個世界上找到除了愛情之外，能夠穩當地站在大地上的東西；是為了不那麼落魄，讓自己在滿盤皆輸時還有勇氣重新開始。

當自己能保證經濟和思想獨立時，和嫁一個好老公其實沒有太大的區別，也不用擔心要靠孩子和承諾維繫婚姻，這樣反而會有更加自由而穩固的愛情。

很多拚命的女孩子，其實都是沒有安全感的女孩子，她們覺得別人的肩膀靠不住，索性就靠自己，戰戰兢兢地奔跑起來，最終披荊斬棘，成為生活裡的女戰士。

但其實沒有哪個女生真的想做個一手遮天的女強人，我們不是女媧，不需要補天。

——◆——

「想談戀愛嗎？」

「想啊。」

「你那麼拚命，累不累啊？」

「累啊。」

不知道為什麼，這個世界把女生們的努力推至一個極端：你要努力啊，拚命啊，硬撐啊，這樣什麼都會有的——你會變美，會成功，會有錢，會有愛你的男朋友。

所以她們兀自向前奔跑，覺得愛情是小女生才想要的彩虹糖，而為自己奔忙的人，是沒時間停下來談論兒女情長的。

她們常常告訴自己：「只有工作和事業能給我帶來安全感。」可是工作結束的時候，她仍然覺得心裡空落落的。

我見過很多女生，她們努力工作，在需要雷厲風行的時候絕不手軟；她們一個人去不同的地方，把自己打扮得漂漂亮亮的，活得很好，不是為了取悅誰，就是不想將就自己。後來遇到了喜歡的人，她們高高興興地撲進對方的懷裡。

我總笑她們「見色忘友，和男朋友說話聲音都嗲了起來」，但心裡還是很羨慕這種狀態的——工作的時候認真睿智，但在愛情裡是個傻乎乎的小女人。

我從小受到的教育是：你要堅強，但是不能強悍；要學會示弱，但不能軟弱。

那些想要靠展示自己的強大、瀟灑而壓制住愛情的女孩子啊，要知道，獨立是一種迷人的品質，強勢給人一種果斷的美感，但是不要過了頭，強悍並不美。

你的自尊心再高，能力再強，至少搭著一絲柔軟當作線索，告訴他：「我在等你。」

那些因為女孩子強勢望而卻步的男生啊，要知道，如果你自己強大到一定程度，就不會覺得別人強勢。其實她們的強勢，如同小刺蝟保護自己的鎧甲，如果你用真心感動她，她也會讓你看到她柔軟的一面，就像小刺蝟的肚皮是又軟又暖的。

你敢不敢承認：「我是很獨立，可我也需要你啊。」

話才說到一半，沒有人聽完

爲什麼我們在對所有人說那些本該只對自己說的話？

我想，有時候，也許是爲了自我激勵，讓自己的想法「曝光」，然後藉著這份宣言，不斷自勉；有時候，也許僅僅是希望能有人聽聽自己說話吧。應了那句歌詞：「有那麼多人在寂寞，就沒有人寂寞。」

林宥嘉有一首歌叫作〈我總是一個人在練習一個人〉，詞曲淡淡的，詮釋著現代都市生活中的孤獨。

在那首歌的MV中，林宥嘉一人分飾兩角，自己陪伴自己，自己和自己交談，他那種總是淡淡的表情讓人心疼不已。

一個人去上班
又一個人去吃飯
再和更多的一個人糾纏
話才說到一半
沒有人聽完
我不孤單
孤單只是情緒氾濫

你是否有那樣的經歷——興高采烈地說著一個話題，發現其他人低頭玩著手機，或者心不在焉地擺弄著衣角，一瞬間心情跌到谷底，覺得自己像個小丑一樣，對著無人的山谷陪著笑臉，還得不到應得的關注，只聽到尷尬的回聲。

於是為了避免尷尬，慢慢學會了閉嘴。久而久之，少了表達的欲望：反正沒有人聽，矯情什麼。

你有沒有發現，很多人的心事和心緒，被放在了社群網站上，而不是鎖在日記本裡。我一直在思索這樣一個問題：為什麼有時候人們會把那些只和自己有關的情緒，甚至只有自己才能看得懂的句子，在公開場合發表呢？都是成年人了，可以排除小學生那種抄句子裝深沉的可能，也可以排除掉中學生那種喜歡不直接說，偏要拐彎抹角地讓某個人看到的可能，更可以排除掉被盜帳號的可能。

為什麼我們在對所有人說那些本該只對自己說的話？

我想，有時候，也許是為了自我激勵，讓自己的想法「曝光」，然後藉著這份宣言，不斷自勉；有時候，也許僅僅是希望能有人聽聽自己說話吧。

應了那句歌詞：「有那麼多人在寂寞，就沒有人寂寞。」

一個寫東西的朋友等火鍋的時候在ＳＮＳ上發了一張文字圖片，就是那種大家經常跟風分享的遊戲：

「今晚十二點之前你可以傳給我一則長長的私訊——暖心也好，道歉也好，牢騷也好，抱怨也好，宣洩也好，不滿也好，或者一直沒說出口的話也好，我會用心看的。」

據他說，那天他收到了幾百則留言，最長的大概有五千多字。雖然他總喜歡玩這種無聊的遊戲，還是會有很多人認真地留言，他也都會耐心地看完。

但是讓他印象最深的，是一個女生的留言：「我轉發了你的圖，過了一個小時，沒有收到一則留言，但有兩個讚。」

後來那個寫東西的朋友在文章裡提到這件事，寫道：「我可以想像到她滿懷期待地捧著手機，一邊滑SNS一邊等訊息，以為會收到什麼意想不到的驚喜，但是……好像……」

蠻心疼的。

我這個人，只有在面對熟悉的人或者熟悉的環境時，才會特別想說些什麼，其餘的時候通常選擇保持沉默。這種沉默和性格冷漠什麼的無關。我願意聽別人說話，好在我說話的時候別人也聽得進去。

其實我還算是個有點多話的人，有什麼不開心的，找朋友說出來就好了。但是那些真的不善言辭的人，他們的心事，有沒有人聽完呢？

其實每個人都是一本書，只是有些人，你從來沒有想著去翻開他。就像那個總坐在教室最角落，話不多，貌不揚，甚至你都忘記他名字的同學。

他的故事，並不比任何人無趣。

——◆——

「兩三百人站在偌大的場地裡，排著隊領包子和豆漿。有肉包和菜包，我小心地拿了一個菜包，打開紙袋，還是溫熱的，有著淡淡的清香，帶著些麵皮的微甜。大家輕聲交談，西裝革履或者棉麻長衫，兩三個人圍在一起安安靜靜地吃著包子。我傳訊息給媽媽：和幾百個人站在一起吃包子真是奇妙的體驗。」

這是去聽「一席」時的一段特殊的經歷。

「一席」有點類似於「TED」，每期邀請八到十位來自各行各業的講者，輪流上臺演講四十分鐘左右。比如作家、幫雪花拍照的顯微攝影師、電影裡的特效化妝師，甚至是敦煌博物館年邁的老館長。

那天我在現場，聽了八個人說話，從下午一點到晚上八點，除去中間吃包子的半個小時，基本上一直都保持沉默，只用眼睛和耳朵交流。

長時間集中注意力連續聽八個人「說話」已經不是一件容易的事情，更何況要和不同領域、不同年齡甚至不同語種的人進行思考碰撞。他們離我的生活很遠，聽了他們的故事，我才發現，還有一個如此新奇的世界。

原來在平行時間裡，有人做了那麼多的事——有人養金魚，體會生活美學；有人翻開了一本科幻小說；有人開始關注野生動物……

在無數生命共有的世界，我們被一種叫作「角色」的東西嵌入平行時間這張巨大又細密的篩網裡，每個人都是時間截面的一粒微塵，也延伸成一條不可複製的生命線路。

沒有生來毫無故事的人，只有沒被了解的過去。無關身分，無關標籤。

每個人都常懷孤獨，在良宴歡會的時候是意識不到的，但當人群散去，發現自己除了抓住喝得差不多的啤酒瓶，抓不住誰的手。我們其實都有很多言語不被傾聽的時刻，只能學著與自己共處。

—◆—

之前看過一部很厭世的動畫片《馬男波傑克》（BoJack Horseman），波傑克的媽媽和他說：「現在，你可以用工作、書、電影、你的小女朋友來充實人生，但你依舊不會完整。」

可能有些悲觀吧，可是我覺得生活的確是這樣。自我永遠不可能被言語表達清楚，有一部分是我們無法完全交付的。對於這些沉默的時刻，就放他沉默吧，接納那些不完整，沒有誰是絕對完整的。

大學的朋友，雖然平時總是歡笑打鬧賣萌，但我總覺得她還是心事重重的，她有一部分自我是我從來沒有接觸過的。也許她很想說給我聽，但是作為另外一個個體，要做到完全地理解真的無能為力。我們聊得最多的是那些日常瑣碎。我知道那些深刻的、讓她孤立無援的東西可能無法用言語緩解，那我們就說說花開，說說雨落，說說人情世故溫熱冷漠。

我希望這些能讓她感到舒服一些，就像飄浮久了，慢慢踩到地上，漸漸踏實。我們難逃生活中的沉默，或許是我太悲觀，若是把希望寄託在其他人身上，那麼這份安全感並不安穩。

有個很深奧的詞叫「自渡」，我的理解就是「船在腳下，槳在自己手上」。隨時來，隨時走。既能談笑江邊酒家，也可在水一方，蒼茫而匿。

最好的友誼：短暫分離，長久惦記

一個很久之前的承諾，不痛不癢卻又銘刻在心，哪怕畢業之後再也沒怎麼見過面。總有個人記得你，一直惦念著。別懷疑友情這種東西，時間不會讓它消亡，它會很安靜地生長。

小學的時候最好的友情是一起回家，在撿來的樹葉上為對方畫畫，用透明膠帶把紫藤花封起來，貼在本子上，裡面寫著我們的名字。國中最好的友情是一起在操場散步，吃很廉價的零食，喝著汽水，聊最喜歡的動漫或者電視劇，約定去一場漫畫展或者借一本言情小說。

高中最好的友情是躲著查寢的舍監，宿舍六個人擠在兩張小床上，聊喜歡的男生和未來的夢想。有好事情一起分享，被班導師罵了一起扛。

到了大學，曾經的朋友四散天涯，同行的人越來越少，開始學會一個人不動聲色地做完曾經必定三五成群才能完成的事情。

我曾以為我離彼時的友情遠了，後來才發覺如今擁有的是一種更為成熟的情誼。

我有個學姐叫葉子，她是電臺的編輯，我們平時碰面會互相打個招呼聊一下天。她笑起來眼睛彎彎的，有點惹人憐惜又可愛傻傻的樣子。她的筆觸溫柔，卻又藏著很多欲言又止的秘密，就像她一樣，明明心裡波瀾不定，臉上卻總是雲淡風輕。

有一次她在SNS上分享自己剛收到的朋友寄來的《長歌行》漫畫，我驚訝於她還喜歡看漫畫，趁著借漫畫的機會問她，她說起那幾冊漫畫的故事。

高三的時候，朋友送她三本《長歌行》，本不愛看漫畫的她隨口調侃道：「只送三本，哪夠看。」對方便說，只要作者一直畫，她就一直送。

高三那年，她為葉子姐許下這樣一個玩笑般的諾言。

高中畢業的第三年，葉子姐拿到書的第十卷。那天正下著雨，葉子姐發了一則濕漉漉的SNS動態：

「你從不在我動態底下留言，也不會主動和我聊天，只是每一年新的《長歌行》出刊時我就能收到包裹，無一例外。畫裡的人還是一如既往的好看，我覺得我們的故事比畫裡那些曲折輾轉還要暖。」

看到葉子姐的動態時，我心裡像是被溫柔一擊，除了羨慕、感嘆，還有一種莫名的欣慰。

彼時我們把友誼看得比什麼都重要，後來四散天涯，我以為友情會隨著分離

和成長漸行漸遠，慢慢斬斷和過去的關聯，沒想到仍會有人如此心心念念，守著諾言。

一個很久之前的承諾，不痛不癢卻又銘刻在心，就算畢業之後再也沒怎麼見過面。總有個人記得你，一直惦念著。別懷疑友情這種東西，時間不會讓它消亡，它會很安靜地生長。

◆

樺樺是我高一時的鄰座同學，以前我們天天見面；後來我們各自去了不同的大學，基本上一年才能見到兩三次。高一下學期末分班，她選自然組，我選社會組，分開那天我寫了一封長長的信給她，偷偷塞到她書桌的抽屜裡。明明我們的教室只隔了十幾步路，偏偏有話不願意當面說，要寫在好看的信紙上才覺得意義非凡，如今想想似乎有些做作。

在只有兩間教室之隔的距離裡我們書信往來，而真正上大學之後，兩地隔的那麼遠，我們反而只互相寄過幾張明信片，也只有在跨年的時候才會用電腦視訊。平常聊天也不多，偶爾的交流也會因作息時間而有「時差」——常常是我早晨剛醒，看到她半夜的消息，回覆的時候，她大概又睡了。雖然如此，每次聊天的時候我們也並不覺得陌生，就像久別的戀人：「你想不想我啊？我想死你了！」

有時我閒下來，忽然會想：「樺樺現在在做什麼呢？」然後便想起高中時她寫給我的一封信上的話：「有時候看到窗外忽明忽暗流動的雲彩覺得好美，我知道你也在看。」於是我就告訴自己，她或許也在某個角落做著和自己差不多的事情呢。

我們也就只有假期的時候才能相聚。她每次都住在我家，媽媽也習慣了每年假期多出來一個「女兒」。我們一起去樓下小吃店買滷味和鳳梨啤酒，一邊看電視一邊啃雞爪，晚上躺在床上聊一整夜，直到實在想睡得不行了才打著哈欠睡著。

她是我說到好朋友時第一個想起的人，也是我短暫相見，但是長久惦記的人。

總有人抱怨大學裡的友誼好複雜，沒有高中那麼純粹——高中時，面對大學考試，我們既是對手也是隊友，共同朝著一個目的地；而大學裡，我們的志向在四面八方，單打獨鬥，各自為營。

的確有一些時候，人與人的相處漂浮在表面，真正放在心上的是一小部分。觥籌交錯中，常常會有一種自以為感情深刻的錯覺，其實沒有必要氾濫情緒，因為沒有人會認真聽，大多數的情感是為了抒發而抒發，為了表達而表達，為了在所有人都發表某個觀點時自己不要脫離隊伍以顯得合群。

但無論如何，也不要質疑友情這件事。

我喜歡認識各種新朋友，前提是我們的磁場並不相互排斥。人體是一個敏感的資訊場，無時無刻不在與外界進行資訊與能量的交換。我喜歡這種共鳴與共振，願意用我的磁場吸引相似的人，同時被吸引。

我並不奢求獲得每個人的友誼，我也不會強迫自己去接受我不喜歡的人。我的愛著實有限，要盡可能地給應該給的人。我感激並且珍惜每一份真心，並且願意付出我生命中的一部分來滋養這一份關係。

有時候想想，交朋友這件事和談戀愛蠻像的——需要一見鍾情的「眼緣」，需要日久生情的「默契」。友誼其實是一種包容開放卻又極有方向的關係，並不是一對一的捆綁或者毫無分別的交換，前者是冠冕堂皇的自私，後者是空洞廉價的氾濫。

朋友間的最好狀態，應該就像戀人間的最好狀態一樣：給予對方足夠自我獨處和提高的時間與空間，然後在忙碌過後，共同分享進步的欣喜。

並不是所有人都能被稱為朋友的，若你遇到這樣的人，何其有幸。

「我們可能不常見面，但是你要記得按時吃飯，早點睡覺，不要想那麼多煩心的事情，實在累了記得有我呢。該讀的書、該做的工作好好完成，對自己要求高一點，我相信你可以做到。記得忙完了，我也有空了，我們見一面，你想吃什麼就去吃什麼，好好聊聊。」

我們短暫分離，長久惦記，一直在想著對方，也一直努力讓自己變得更好。

我和我的孤獨相處得很好，
她像個沉默久居的房客，
賴在我的生活裡不願離開，
她大多數時間裡不打擾我，
可是等周圍的人散開後，
她會來找我。

只剩下我和她獨處的時候，
我們一起看看書，聽聽音樂，
在深秋潮濕的彌漫著桂花香味的
校園裡行走，或者在天臺上發一會兒呆。

沒有人看到她，可是她一直在我身邊，
在成長的過程中我漸漸接納了她，
並且把她認定爲我生命的一部分。
我覺得其實也蠻幸福的。

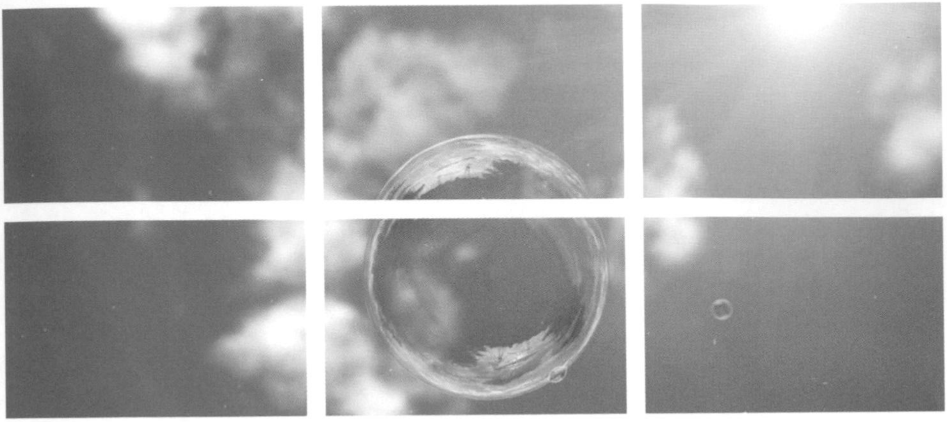

堅持不要太用力，太用力自己會痛；
也不用太大聲，不要吵到別人。

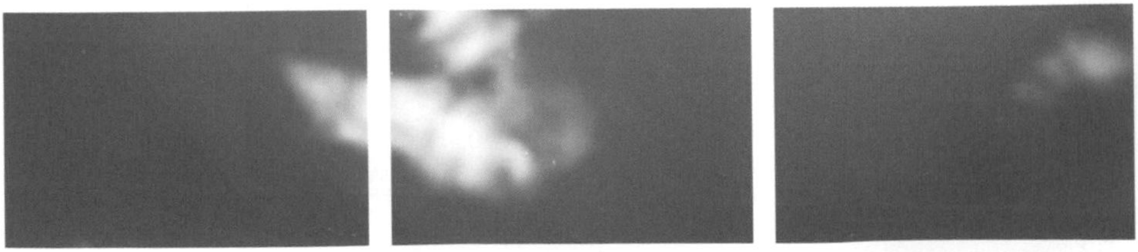

我們能享受得起最好的，
也能承擔得起最壞的。
你不要去學壞，
你可以不太乖。

Part 3

溫柔的堅持自己，不打擾別人

什麼是不孤獨？身在人群中就是嗎？有人陪就是嗎？被人惦記就是嗎？

我們爲什麼會內心不安？這顆心明明就長在自己身上啊。

因爲被寂寞追趕，想要逃離，雖然心是自己的，卻一直向外追尋，想要找到可以依靠的人或者群體，緣木求魚，反而慌張。

生活中要學會的一項重要能力是，與自己獨處，以平和的心態面對孤獨，它不可恥，也不罪惡，不低人一等，也不意味著不幸福。

別想那麼多，其實沒那麼多人關注你

人並不都眞正了解自己，不是對著鏡子就能看到眞實的自己，很多時候，在一些特殊的情境中，我們才會顯現出自己本來的面目。很多人終其一生都不知道自己究竟是誰，擅長什麼，喜歡什麼，愛哪一個人。

看過蔡崇達的《皮囊》，故事已漸漸遺忘，但是其中的一句話，我一直記得：「肉體是拿來用的，不是拿來伺候的。」

皮囊這個東西，你越伺候它，它就越會拖累你。

或許這個人生奧義簡潔又晦澀，讓人似懂非懂，但說到底也是很樸素的人生哲學。簡而言之，不要讓心靈被外在的事物羈絆。

上了大學之後常常感到自己有些變化，漸漸走出之前的一些想法上的框架，獲得了未曾體驗過的自在，遇見事情不再瞻前顧後左右搖擺，而是先去嘗試了再說。換句話說，覺得自己天不怕地不怕，臉皮厚了不少。

隱隱有些不適應：我怎麼變成了一個這樣的人？

細心觀察過周圍很多同學，大多數和我的處境很像，有個學長還和我開玩笑：「大學不抓緊時間練厚臉皮，那進了社會可能就會真丟臉了。」

所以，在大學裡，不能太把臉面當回事，不要用所謂的「面子」拖累自己，敢「自虐」的人才不會被虐。

「別想那麼多，其實並沒有那麼多人關注你。」

有個朋友在某次學院活動日上表演唱歌，那是她第一次上這麼大的舞臺。這女生向來容易緊張，一緊張就發抖。我告訴她：「沒事的，你就按平時的樣子唱，唱完鞠躬走下來，一切就結束了。」

她猶猶豫豫：「要是我唱不好怎麼辦？」

我無奈：「你放輕鬆，其實大家也就是圖個氣氛，嗨起來就行了，又不是唱歌比賽，你越緊張反而越容易出錯。」

她點點頭上臺了，果然，一緊張真沒唱好，破了兩次音，稍微走音。

剛一謝幕，她立馬到後臺摟住我，帶著哭腔說：「完了完了，全院的人都知道我今天唱歌走音了，丟臉死了。」

我看著鑽動的人群，學生們興奮地交談著，好像並沒有被剛才的表演影響。我發了則簡訊給我台下看表演的同學：「你覺得剛才那個女孩子唱得怎麼樣？」

對方過了好一會兒才回覆我：「啊？哪個？好像都唱得還可以吧，我剛才沒注意啊，在聊天。」

我告訴我那唱歌的朋友：「別多想，其實並沒有那麼多人關注你。」

這話雖然有點刻薄，好在她習慣了我的耿直，也沒生氣。不過仔細想來，很多時候的確是這樣的。

其實觀眾並不在意，反而是自己給自己先設定了萬千審視的目光，於是畏首畏尾，緊張到不行。

◆

「我只想挑戰一下自己，和輸贏沒有關係。」

大二剛開始的時候，學校舉辦了一個英文演講比賽，幾個校區共同參加，整體水準自然是高的。

我是文學院的，英文水準當然沒有國際傳播學院的人高，去了頂多當個陪襯。猶豫再三，還是報名參加了，想著即使拿不到名次，就當去見見世面吧，反正對方也不知道我是誰。

比賽分兩個項目，一個是主題演講，一個是即席演講。第一個項目可以提前準備，我寫完稿子又修改幾遍，然後就開始練習。那段時間，我總是一個人出現在圖書館樓梯間的空曠平臺。背稿當然不難，但是想要和專業的同學並駕齊驅，還是不能大意。

我們校區參賽的共有六個人，彼此之間見面的第一句話就是：「準備好了嗎？一起去丟臉囉。」比賽當天，我們坐車去賽場，出發前，有個一起參賽的同學遲遲未到，我們打了好多通電話都沒打通，只好先上車出發。車子開了一會兒才接到他的訊息：「算了，不去了，幫我和比賽主辦方說棄權吧。國際學院太強了，就不去丟臉了。」

他這樣臨陣脫逃，弄得我們更慌張，但明明知道會死得很慘，我們還是硬著頭皮到了現場。

比賽準時開始，聽了幾個國際學院的同學的演講後，我們幾個就傻了，這哪裡是學校比賽啊，簡直是國際頻道新聞直播啊！

僅有的一些小小的信心瞬間坍塌下去。

「八號選手，文學院ＸＸＸ請準備。」

下一個就換我了，我趕緊在腦子裡把演講稿過了一遍，僵直地上台。剛開始一切還在掌控之中，我按照練習時的狀態，該怎麼說就怎麼說。評審席上的外籍教師在微笑，英文老師也點點頭。

忽然，說到一半忘詞了。我趕緊笑了一下，重複一遍上一句，希望靠慣性接出下一句。

但我頭腦裡一片空白，就這樣，我在聚光燈下停頓了大概十幾秒。

外籍教師還在微笑，老師也在微笑。我卻笑不出來了。

下一句到底是什麼啊？內心一片空白又天翻地覆，就是想不起來。我尷尬地笑著，順著意思用自己的話把後半部分翻譯了一遍，不是很順利地結束了。以前從來沒出現過這種情況，在我的「比賽生涯」中，這大概是最糟糕的一次了，可能是因為對方太厲害了，超出我的預期，於是還沒開始就先慌了。

我這個人以前其實臉皮很薄，總是想給人留一個好印象，所以遇到事情總是反覆思量，不做自己沒有把握的事情，可是這次經歷完完全全顛覆了我一貫的策略。好在第二個項目時豁出去了，還大方地和評審開了一個玩笑，分數拉回來一些。最後結果不夠好，但也沒有那麼糟。

和我一起參賽的同學在各自學院裡英文也是很不錯的，這次來了個「集體丟臉」，不過卻建立起了深厚的革命友誼：用這次「恥辱」相互勉勵，以後要更加用心地學習，畢竟人外有人。而那個事先棄權的同學，的確避免了一次「丟臉」的尷尬局面，但他失去了什麼，他也不會知道了。

很多時候，嘗試不意味著非贏即輸，挑戰一下自己，看看自己在什麼水準，還可以看看厲害的人能厲害到什麼程度。如果生活中的一切都用輸贏判決，每個人的喜怒哀樂就都太沉重了，倒不如把一切都當作經歷。

見得多了，人就不容易故步自封，不會把一點點小成績當話題。當你想要去試試，但是又害怕自己做不好時，告訴自己：「我只是想挑戰一下自己，和輸贏沒有關係。」臉皮太薄的人輸不起，也只能錯過很多寶貴的經歷。

「機會就一次，過了就沒有了。」

——◆——

有個女孩子私訊我：「開學的時候班上要選班代，我很想去試試，因為我想讓自己忙一些，多和大家接觸，交一些朋友，可是我真的不敢站到臺上去，因為是投票制，我覺得自己存在感太低，自己的票數會太低……」

我問她：「那你最後上臺了嗎？」

她說：「沒有。後來也沒有換過班代，鼓起勇氣也沒機會了。」

英文課上老師提問，大家基本上都保持沉默，讓年輕又熱情的英文老師略顯尷尬。有幾次我真的很想舉手回答，但始終還是抬不起手。

一來是怕自己答錯了；二來是覺得，忽然打破大家的沉默，實在太突兀，而且別人都不說話，就我一人如此積極，怪怪的。

如今想想，積極回答問題有什麼錯呢？只是不敢和大家不一樣，當所有人都保持沉默的時候，好像多說一句都是犯錯。

有些時候，沉默是金，有些時候，沉默是浪費光陰。很多機會只有一次，在你猶豫的時候，它已經消失了。

吳曉波老師在他的隨筆集裡寫：「大學像是一個真空狀態，當一個思想自由的讀書人似乎是容易的，你對社會無所求，社會對你亦無所擾。」

這樣的狀態為時不多，為什麼不多去嘗試一下呢？大學給了我們相當多的自由，讓我們可以拋棄原來的種種標籤，重新成為一個新的人。

每個人都是一個難解的謎題，別人猜不透。透過行走，透過交流，透過經歷和閱讀，透過和世間萬物發生微妙又神奇的聯繫，我們才漸漸了解自己的內心。

人並不都真正了解自己，不是對著鏡子就能看到真實的自己，很多時候，在一些特殊的情境中，我們才會顯現出自己本來的面目。很多人終其一生都不知道自己究竟是誰，擅長什麼，喜歡什麼，愛哪一個人。

嘗試，是為了找到屬於你自己的答案，而嘗試，是要冒著丟臉的風險的。

「厚臉皮」有時候並不是一件壞事，不要總把它當成貶義詞。相反，它代表一種不怕丟臉、敢於嘗試、積極向前的勇氣，和一顆永遠「耐磨」的心。

世界熙熙攘攘，而你不動聲色

這世界真的不夠公平啊。有些人的成長像是治玉，在家庭的呵護和朋友的陪伴下慢慢打磨得成熟溫潤；有些人的成長則像是打鐵，生命在某個瞬間忽然燒得通紅，然後捶捶打打，冷水一澆，就變得堅硬無比。後一種成長看似疼痛，但這鎧甲始終堅硬，讓人在那些孤立無援的時刻，也能挺起胸膛。

我是一個很在意別人看法和評價的人，曾經有一段時間，我困在別人的目光和指點裡走不出去。那些嘈雜的紛擾，如同糾纏的鋒利荊棘，漫布在我生活的各個角落，刺得我生疼。

長輩和我說過一句話：「無論是讚美還是損貶，你只需要聽百分之五十。因為有的好話可能別有用心，有的貶低可能只是情緒的潰口。」

在群體中，每個人都會是「評價」或者「議論」的承受者，即使你三緘其口，對你的議論也不會完全消失。

佛學裡有個詞叫「觀照」，就是當一件事情發生的時候，看透它的緣起和走向。**想想別人對你的攻擊，大多數的時候，回擊是沒有任何意義的；而如果深究別人的用心，說不定會發現很多人性的陰暗面，很多張揚的攻擊背後可能是非常卑微的心理。**

生活偶爾會像一場傾盆而下的大雨，澆得你透心寒冷，但總有些人始終冒雨前行。那些人熱力十足，他們的快樂和正能量都不是與生俱來的，只是把潑在身上的冷水蒸發乾淨了。

高中，隔壁班有個皮膚黑黑的女生，我和她小學便是同學，但國中高中同校不同班，久而久之也生疏起來，是見面時會打個招呼的交情。

她有點胖，嗓門很大，聲音也有些奇怪，要是大聲說起話來，絕對是排山倒海的氣勢。

但是在我的記憶裡，她好像常常是保持沉默的。

高中時我們大多住宿，十七八歲的女孩子們生活在一起，整天嘰嘰喳喳黏黏膩膩，恨不得上個廁所也要結伴而行。她並不住宿舍，總是行色匆匆，下了課就從教室消失了。大家說到她，常常會皺眉頭：「她啊，不太合群，那麼胖，聲音還很奇怪。」

很長一段時間，我沒有注意過她。只是有一次去離教學大樓很遠的教職員宿舍找班導師交作業，路過一間小小的琴房，發現了她和她的秘密。

那是屬於她一個人的，隔絕世界喧囂的小角落。

她竟然在唱歌，還是美聲唱法，偶爾會帶些花腔，流暢又深情。她閉著眼睛，並沒有意識到有人發現了她。我從來沒想到這個大嗓門的女生還能唱出如此動聽的歌聲，就像明星一樣。那一瞬間，我發現她其實很有魅力，和同學們閒言碎語中說的不一樣。

◆

我悄悄潛入她的世界，有意無意地和她搭話，她也很熱情，和我分享喜歡的俄羅斯電影，給我看她寫的小說和畫的畫。她其實是個很有才華的女生，學習俄語、鋼琴、美聲；自己寫小說，語句細膩，可是總帶著一些凜冽之感，她筆下的主人公大多是被拋棄的小女孩，或者向未知的目的地奔波的流浪少年，讓人看著會有些心疼。

原來她很熱情也很可愛，不是那種不願意接近大家的人，也不是大家口中聲音難聽的「怪物」，只是她覺得人群帶花又帶刺，為了不弄疼自己，於是她連花也不要了。

我無意中和她說起聽到她唱歌那件事情，她很驚訝，猶豫了很久告訴我，她小的時候就學唱歌，身材也苗條，但是小學畢業的時候生了病，吃了太多藥，激素過多，身體嚴重發胖，嗓子也壞了，為了繼續唱歌，她去學聲樂，換另外一種發聲方法繼續夢想。

那一瞬間，所有的閒言碎語都無關緊要。

用沉默去抵禦流言是一件多需要勇氣的事情啊。她並沒有尖銳地反擊，也沒有自怨自艾，而是繼續做著她覺得對的事情，繼續朝著她想要的未來前行。

我忽然想到一句話：「不氣餒，有召喚，愛自由。」

她畢業後順利考上了外語學系，如願以償學習俄語，再後來聽說她去俄羅斯留學了。

已經幾年沒見到她了，前段時間同學聚會，有人無意中提起過去那個胖胖的大嗓門女生，大家都記得她的外號，思索了很久才想起她的名字。與她還有聯繫的同學給我們看了她在俄羅斯的照片，大家都唏噓不已：「其實她瘦下來還蠻漂亮的，感覺人也很好。」

她沒有親耳聽到這遲來的讚賞，不過她也不需要，因為那個女生早就悄悄地接受了一切，讓自己變成了不為他人而綻放的花。

在才華和內心的熱情都被外表的平凡包裹起來的時候，她一定也承受了旁人不能理解的孤獨，但她靜靜地把自己裹成一個繭，在黑暗裡面小心等待破繭成蝶。

這世界真的不夠公平啊。有些人的成長像是治玉，在家庭的呵護和朋友的陪伴下慢慢打磨得成熟溫潤；有些人的成長則像是打鐵，生命在某個瞬間忽然燒得通紅，然後捶捶打打，冷水一澆，就變得堅硬無比。

後一種成長看似疼痛，但這鎧甲始終堅硬，讓人在那些孤立無援的時刻，也能挺起胸膛。

村上春樹寫過：「你要做一個不動聲色的大人了。不准情緒化，不准偷偷想念，不准回頭看。」世界喧囂嘈雜，人們都在兀自說著做著自己的事情。真正的長大，是明白自己的渺小、無力和孤獨，面對那些來自周圍不可控的紛擾，並不畏懼，勇敢承受，然後慢慢改變這一切。

抱歉，孤獨這件事情好像永遠無法消除了

生活中要學會的一項重要能力是，與自己獨處，以平和的心態面對孤獨，它不可恥，也不罪惡，不低人一等，也不意味著不幸福。

「逃」太被動，當你被巨大的空虛追趕，被那種不被人認同的感覺追趕，越是焦慮的時候，越應該清醒一點：我到底在怕什麼？我可以做什麼才能讓自己回到正軌？

好久沒有寫「孤獨」，起初是因為有顧慮，覺得這個詞太敏感，就像心口的舊傷未癒，不忍再提。

後來看到一個很妙的解釋：「『孤獨』這兩個字拆開來看，有孩童，有瓜果，有小犬，有蝴蝶，足以撐起一個盛夏傍晚間的巷子口，人情味十足。稚兒擎瓜柳棚下，細犬逐蝶窄巷中，人間繁華多笑語，惟我空餘兩鬢風。」

其實也是另外一種喧鬧罷了，沒什麼大不了的。

前些日子收到幾則私訊，來自一個大一的新生，她說自己和室友的關係不太好，每天過得提心吊膽，很害怕自己落單，忽然之間就變成一個人。其實，這樣的私訊和留言，我收到過很多次，內容也大同小異：室友之間不合；人際關係出了問題；身在異鄉，感到孤獨和害怕，不知道該怎麼辦。

曾經自以為對「孤獨」二字深有感觸，它彷彿是我的同袍戰友，並肩前行；又彷彿是我的對面敵手，交戰幾回之後我贏了。每次都覺得自己應該有很多想說的話，可當別人問起如何才能逃離孤獨時，卻什麼都說不出，因為無論說什麼都無濟於事。

這幾天又看蔣勳先生的《孤獨六講》，先生認為，孤獨沒有什麼不好，讓孤獨變得不好，是因為你害怕孤獨：

當你被孤獨感驅使著去尋找遠離孤獨的方法時，會處於一種非常可怕的狀態，因為無法和自己相處的人，也很難與別人相處，無法和別人相處會讓你感覺到巨大的虛無感，會讓你告訴自己：『我是孤獨的，我是孤獨的，我必須打破這種孤獨。』你忘記了，想要快速打破孤獨的動作，正是造成巨大孤獨感的原因。

踽踽獨行的人會孤獨，眾人相簇的人會孤獨；分手的人會孤獨，相擁的人也會孤獨。那些看起來特別美好完滿的畫面，或許下一秒，就會被巨大的陰影籠罩。

「你不說話，別人永遠都不會搭理你，可是搭理了又會怎麼樣？自己還是會孤單啊，想到這裡就很想哭。」

我想，那個私訊我的小女生現在一定很焦慮，到處找辦法——我該怎麼辦？

有什麼方法可以撫平那些起了摺皺的人際關係，暖化室友之間冰冷的態度，消除那些備感孤獨的時刻？

我好想告訴她：抱歉，孤獨這件事情，我們好像永遠無法消除了。

我們可以約人吃飯打球，一起逛街看電影，歡歌笑語，排遣無聊，推遲此刻的寂寞；聚會結束，你還是你，一個人。

我們甚至不惜壓抑真實想法，換得一個「被人圍繞」的角色。那樣的你，在人群裡好像笑得很開心，卻依然懷抱巨大的空虛。

—◆—

想起某個晚上徘徊在街頭，獨自坐上公車，找到座位，雷聲傳來，快下雨了。旁邊坐的是一個和我年紀差不多的女孩子，長髮披肩，齊瀏海，穿著深色的風衣外套，戴著耳機，望著窗外。

我低頭玩手機。

我們隨著公車的行駛輕微搖晃，她忽然微微顫抖起來，然後哭了。

她抽泣的聲音有點大，我抬頭悄悄望她，看到一滴眼淚滑到下巴。可能是發現我在看她，那女生低下頭，伸手在背包裡摸來摸去，然後用袖子去擦眼淚。我忽然意識到她是在找面紙，於是從包包裡拿了一包遞過去。她沒說話，接過面紙把眼淚擦掉。我什麼都不敢問，繼續低頭玩手機，時不時偷偷瞟她一眼。

車子到站，我下車，她也下了車，跟在我身後說了句謝謝。

我嚇一跳：「你也在這裡下車嗎？」

「對的。」

四月初的天氣春寒料峭，天上飄起了小雨。她不趕時間，我也沒事，於是一起到附近的麥當勞避雨。她點了一杯冰可樂，我點了一杯熱紅茶，店裡人不多，我們靠窗坐著，第一次看清了彼此的樣子。

她長著一張小小的臉，小鼻子，小嘴巴，眼睛不大但是黑亮，整個人的氣質溫溫軟軟的。我沒問她的名字，只是知道她年紀和我差不多，讀服裝設計系，週末出去打工，在工廠裡幫人做衣服，剛剛下班。

她問我要去哪裡，我說我等人，她說不知道自己該去哪裡。

「你剛才為什麼哭？」我忽然想起剛才的事。

「我本來要去找我男朋友，他待會要來接我，但是我不想見他。」

「吵架了嗎？」

「沒有，他對我很好，今天打算帶我回家和他爸媽吃飯，但我不想去。」

那個男生是她在打工的時候認識的，大她兩歲，高中畢業就出來賺錢了，自從在工廠遇見她，就死纏爛打地追求，直到她招架不住，成了他女朋友。

她說學校同寢的女生愛抽菸，還愛去夜店，有時候叫她一起去，她不願意，久而久之就被排擠，甚至被諷刺挖苦「裝純潔」。

為了逃避那些讓自己難受的時刻，她在外面找了份打工，每天早出晚歸。男朋友知道了她的處境，拚命打工存錢，在便宜的地段租了房，兩人一起搬了出來。

她應該是個想認認真真過日子的老實人，我猜。

她說她的男朋友是真的好，可是她不喜歡，確切來說，不是真的那麼喜歡。

接受他，可能是因為在那段難熬的日子裡，只有他會陪著她，什麼都聽她的。

「那時候剛上大學，以前從沒出過遠門，一下子到了離家那麼遠的地方，離所有人都遠了，覺得好怕。」

身在異地的年輕女孩子，覺得整個人就像飄浮起來的羽毛，不知道能在哪裡歇腳。因為不知道該怎麼辦，所以任何一個懷抱都可以成為救命稻草。

「那你打算離開他嗎？」

「比起每天孤單一個人，我寧願和他在一起。」她關上手機，輕輕地說。

「寧願」這個詞露出了端倪，可能那個人不是最優解，這樣的在一起，是一種勉強。

我忽然間不知道該說些什麼，她打破了沉默，問我：「你等的人還沒來嗎？」

我苦笑：「本來今天和男朋友約好了見面，但是他錯過班次，又沒票了，只能明天來。」

她有些心疼地打量我：「這樣啊，那你一個人沒關係嗎？」

我笑笑：「沒關係的。」

雨越下越大，她從包裡拿出傘：「我要走了，他在等我。」我說：「那我也走吧，我住的飯店就在這附近。」

說了再見，我們走向不同的方向，沒問名字，也沒留聯繫方式。

◆

這件事情我好像和誰都沒說過，也不知道我能不能再次遇見她。

我記得最清楚的，是那個晚上我們走的時候，她濕了一半的帆布鞋，我剩下的那杯涼透了的紅茶。

我和她都覺得很孤獨，我孤獨是因為計畫有變，該來的人沒有來；她孤獨是因為有人在等她，她卻不是那麼需要那份等待。

兩個在街上相遇的陌生人，彼此心中各懷孤獨，無法排遣。

什麼是不孤獨？身在人群中就是嗎？有人陪就是嗎？被人惦記就是嗎？

我們為什麼會內心不安？這顆心明明就長在自己身上啊。

因為被寂寞追趕，想要逃離，雖然心是自己的，卻一直向外追尋，想要找到可以依靠的人或者群體，緣木求魚，反而慌張。

生活中要學會的一項重要能力是，與自己獨處，以平和的心態面對孤獨，它不可恥，也不罪惡，不低人一等，也不意味著不幸福。

「逃」太被動，當你被巨大的空虛追趕，被那種不被人認同的感覺追趕，越是焦慮的時候，越應該清醒一點：我到底在怕什麼？我可以做什麼才能讓自己回到正軌？

私訊我的女生最後問了我一個問題：「那你現在上課的時候，身邊坐的是你最好的朋友嗎？」

一下子問得我有點發愣，又覺得淒涼，因為我有時候都不知道哪些才是我最好的朋友。於是我這樣回答她：「我不刻意要求我的好朋友坐在我的身邊，我身邊坐的同學也常常不同，但是我希望每一個坐在我身邊的人，都有可能成為我未來的好朋友。」

我們見識到的世界，永遠比過去要複雜，那就意味著我們無法用過去與人相處的策略和解決問題的方法來處理現在和周遭一切的關係。

外界從來不會主動來適應你，想要和諧，只能你去慢慢適應，或者去改變。

孤獨，永遠都不是可以逃離的啊，你來來去去，它都不會消失，就像影子一樣，擺脫不得，卻能平靜共處。

我和我的孤獨相處得很好，她像個沉默久居的房客，賴在我的生活裡不願離開，她大多數時間裡不打擾我，可是等周圍的人散開後，她會來找我。只剩下我和她獨處的時候，我們一起看看書，聽聽音樂，在深秋潮濕的彌漫著桂花香味的校園裡行走，或者在天臺上發一會兒呆。

沒有人看到她，可是她一直在我身邊，在成長的過程中我漸漸接納了她，並且把她認定為我生命的一部分。我覺得其實也蠻幸福的。

溫柔地堅持自己，不打擾別人

堅持不要太用力，太用力自己會痛；也不用太大聲，不要吵到別人。

這個世界上每個人都有自己的事情要做，不用強行挽留誰當我的看客，我不需要某些眼睛刻意注視我的一舉一動，也就無所謂期待與失落。

程璧有一首歌叫〈小素〉，寫的是一個名叫小素的普通人。她是個安靜內斂的女生，在麗江開了一家名叫「坡上」的咖啡館。她喜歡旅行，喜歡電影，喜歡看書，隨性又有點叛逆，在現代社會的語境裡被理解成一個文青。

她知道自己內心真正想要的生活的樣子。

程璧以她的名字為題創作了這樣一首歌，初聽就覺得溫柔可喜，我很喜歡歌詞的最後一句：「溫柔地堅持自己，不打擾別人。」

我們都認為自己是特別的個體，拒絕流於平庸，拒絕被卡在生活的夾層裡度日如年，不為人所知。可能我們都暗暗地堅持著一個理想的自己，雖然努力，可有的時候並不溫柔，無意中重傷了周圍的人。

五月初的一天，她在SNS上分享了一張照片，是用鋼筆抄寫的一首詩，來自葉芝的〈當你老了〉。我對這首詩再熟悉不過，卻並不太能理解她為什麼要抄這首詩。

她是我認識的老師，確切來說，是教學辦公室裡處理學院裡日常教學事務的老師，並不教課。當時我每週有兩個小時在教學辦值班，有幸遇見了這樣的她——有點蓬鬆的黑色長捲髮，並不白但是光滑的皮膚，勻稱健美的身材；她也不年輕了，但是還保持著小女生那種對一切事物的熱情。

她是很率性的人，喜歡和我們這些學生聊天，熟悉之後才知道她在國外生活過一段時間，遊歷過很多國家，有過甜蜜的也有過苦澀的愛情。很難過的時候，她曾經一個人去了趟日本，隨身帶著書籍。她說，走出去散散心，就好多了。

工作不多的時候，她會和我們一起開玩笑，聊日劇裡帥氣的男主角；忙起來時，她直接把頭髮盤起來，把細長的原子筆當作簪子固定住，我看到了，她還笑：「你要不要學？很方便。」

可能她不是那種在人群中讓人驚豔的女人，可是相處久了，會發現她雖然性格開朗，大剌剌，但是骨子裡充滿細膩和深情，只是從不輕易坦露。

有次她在SNS上發了一個動態：「有同事持續每天早上抄詩一首，並且拍照在SNS上分享，到今天為止，已經持續了四百七十一天。再小的事，持續下去，都值得感動和稱讚。今早遇見他，我說不如自己也開始抄吧。說到做到，希望越寫越好。」

ＳＮＳ上每天充斥著各種情緒，她的抄寫打卡偶爾會擠在那些深夜情緒的縫隙間，並不惹眼，有時是英文古典詩，有時是最近才熱起來的當代詩人作品。有時我會點開認真看，有時也匆匆滑過。

七月漸漸步入中旬，她抄了六十多天，每日都持續著。她有時也分享一些搞怪的段子和或大或小的生活瑣碎，但是唯一沒有斷的，是每天與一首詩歌短暫的相會。

一個人內心的柔軟可能不常在日常生活中流露，它們靜靜地藏好，滋潤著那些孤立無援的時刻。我一直覺得很有趣，認為我的生活中有很多類似她這樣的，內心與表面不是太相符合的人。其實我還蠻欣賞那些不自覺的「偽裝」，因為我們自己是誰，我們在想些什麼做些什麼，沒必要弄得人盡皆知。

大家心照不宣，不會用自己的每日生活常態當作聊天，只是知道有一個人也在日復一日，重複著一件簡單卻美好的事情。

堅持不要太用力，太用力自己會痛；也不用太大聲，不要吵到別人。

這個世界上每個人都有自己的事情要做，不用強行挽留誰當我的看客，我不需要某些眼睛刻意注視我的一舉一動，也就無所謂期待與失落。

—◆—

去學校圖書館置物架上拿自己的書，不小心碰掉了旁邊的一本別人的書——那是一本考研究所的參考書，撿起來時書中掉下來一小疊便條紙，方方正正的小紙片上寫了一段話，大概意思是，要努力考上研究所，為的是再也不用見到不想見的人，不想再煎熬於那些忐忑不安的時刻，現在的每一份付出都是為了將來的自由。

我沒忍住，悄悄翻開了扉頁，看到了書的主人的名字，覺得有些眼熟，想起竟然是我認識的一個學姐，雖然沒有很熟，只是說過幾次話，一起辦過活動，但是我著實有些驚訝。

在我印象中，她是那種很低調的人，低調到我都快忘記了她的名字。她給人的感覺總是淡淡的，甚至有些冷漠。平日不覺得她是一個多麼有野心或者有韌性的女生，可是從這些話看起來，她的心底應該還是藏了一團火焰吧。我不知道她經歷過什麼事情，但是我能理解那種感覺——心有不甘，要為自己爭一口氣。

她從沒在公開場合說過誰的不是，也不曾提起自己太多的個人情緒，她可能始終是個不太希望他人注意到自己的人，但是她自己很在意自己的感受，並且為之付出努力。

後來我忍不住，在那頁的後面偷偷寫了四個字：「學姐，加油。」因為不知道能說些什麼，也不願意留下姓名，只希望給她一點點鼓勵，就當是這個世界上有另一個人知道了她的秘密，並且願意幫她繼續保守這個秘密。

很喜歡這樣一段話：「不議人是非，不潑人冷水。一個人但凡過得好，絕對沒空操心別人的事；人浮於事，我們都有各自的困惑和無奈，何必再去為難彼此，不如相互多給些鼓勵，聰明人自會領悟。」

不知道從什麼時候起，做一件事情開始流於表面，流於形式。有些堅持不是值得炫耀的事情，做了或沒做，對外人並沒有任何增值或者損失。我承認人有時候總是會有那麼一點小小的虛榮心，包括我自己。可是越長大越覺得言行不應該再昭告天下，唯恐他人不曉，應該慢慢內化於自己的行動，溫柔而無聲地堅持。

盡量溫潤又自持地生活，認真做好分內的事情，不自我抬高或者貶低，不耽於表演，不自我沉醉，不要對人對事有太多的惡意，不要為別人帶來麻煩。

做好自己就行了。

我相信，那些默默而認真的人終會有所得。

有自己的小確幸，柔軟又堅定

往前走吧，你會遇到那個「如果全世界都對你惡語相加，他也會對你說一世情話」的男人，會找到一份讓你覺得自己也變得很酷的工作，會去一個當地人說話溫暖客氣、風景自帶濾鏡的美麗島嶼，會有平靜又豐富的一生，會有很多很多的小確幸。

我和學姐去外地參加比賽，住在快捷旅館，兩人睡一張大床。

學姐大我一屆，是我在學校電臺的「師父」。我們來自同一個地方，初次見她是在學校電臺的直播間，隔著玻璃，我看到正戴著耳機對著麥克風播音的她。為什麼會有人說話的聲音這麼好聽啊，就像初秋溫柔小雨落在燥熱的心上，一片潮濕。

如果和一個人初次見面就有莫名的好感，那麼在往後的日子裡我應該會願意主動走向對方。

平時在學校裡見面不多，路上匆匆遇到，我會主動和她打招呼，她也會回應一聲甜甜的「嗨」，再叫我的名字。她一個人的時候，總是面無表情行色匆匆；如果和朋友走在一起，她的臉上會帶著淺淺的笑。

媽媽時常寄家鄉的特產給我，我會留一份送到她宿舍樓下，夾張便條紙，寫上她的名字，覺得哪裡有些彆扭，索性再加上「學姐」二字。

她大概對此不太習慣吧，覺得帶些敬意，有些生分。

可我的世界裡，「學姐」從不是一個清淡角色，那些年紀比我稍大一些、閱歷比我豐富的美好女孩們，多多少少承載著我對於未來的種種幻想，她們是我捨不得以外號相稱的人。

在我這裡，這個稱呼不是帶著距離感的生分，而是一種珍視的喜歡。

她常常素顏，通常只有在上臺或者重要的場合才會化妝，用恰到好處不張揚的紅。她聲音好聽，唱歌或者廣播都如此，不能輕易讓她碰到麥克風，不然旁人的耳朵會醉的。

她臉上常常帶著一些疲倦，因為熬夜剪片、寫東西，栗子色的長髮裡竟然有了幾根白頭髮。

她穿著很休閒，素白色的毛衣，裡面搭著淺藍襯衫，修身的破洞牛仔褲和棕色鏤空皮鞋，戴著圓框眼鏡，偶爾會戴一頂漁夫帽。

她謹慎又貼心，說話語氣讓人感到舒適，並不是那種會嘩眾取寵的人。情緒控制得很好，大部分時間很乖，卻又隱隱帶著些不安分。

她會在讓她感到舒適的狀態下唱唱跳跳，像個小女孩；也會在一些無須多言的場合適當保持沉默。

她在我心中是個很特別的存在。有很多人說我們在節目中的聲音很像，我嘴上質疑著：「有嗎？」心裡會偷笑：「好像真的有點喔。」

我一直以為她是一個成熟的個體，足夠堅強也足夠有能力抵擋一切，畢竟在學校裡，她很優秀，也很低調。但是那幾天她有點睡不著，她告訴我：「明天要面試，我好緊張。」

備賽的那幾天，吃過晚飯，我們一起牽著手走在寒冷的街頭，互相往對方口裡倒跳跳糖。她忽然挽住我的手，我心中咯噔一下，繼而湧起甜蜜的喜悅：「我好像和她更近了一些」。也說不清為什麼有這種特殊的依戀感，覺得挽住我的這個人就像我的姐姐，或者，熟悉很久的朋友。

她的手機壞了，打算換支蘋果手機，問我哪個好。我說新款還不錯，她查了一下覺得太貴了：「算了，現在也不太想向家裡要錢了，都這麼大了，這些都是自己應該考慮的事情。」我們到南京東路的蘋果專賣店買了一支舊款手機，然後在美食街吃了一碗米粉。她把那一碗吃完了，我只吃了一半。

晚上，她在飯店裡和她的小侄女視訊，那是她姐姐的孩子，兩歲左右。她趴在床上，對著小侄女傻笑，像個更小的孩子一樣撒起嬌來：「元元，元元你怎麼不叫姨姨。」我在一旁掛衣服，著實嚇了一跳，原來她還會撒嬌。

她比我認識的很多人都要純粹而真實。她會顧慮很多，心思很多，可是面對家人的時候，是那麼單純可愛。

和她在一起的感覺很舒服，說不清為什麼，大概是，我覺得一個女孩子生活於這種狀態，有種說不出的可愛——

開始正視生活本身，收起野心和物欲，開始試探自己和生活交手時到底有幾斤幾兩。

開始常常關心家人，不再敷衍式地噓寒問暖，而是放在心底時不時地惦念，漸漸有了責任感，學著為家庭分擔一些重擔。

開始明白錢是辛苦賺來的，不能隨便花，不能再是那個無所顧慮的小女孩，站在櫥窗前眼巴巴望著新玩具：「不行，我就是要。」

開始有些慌張卻又平靜地接受未來的生活，始終對明天懷著無比的憧憬。

有很多像她這樣的年輕人，走在街上，靜悄悄的，不求張揚，甚至還想被淹沒在人海中；不在意別人的眼光，也懶得去迎合討好誰，對自己的生活有著翔實而清晰的計畫，雖然有些緊張啊，但是覺得自己可以做到；白天全身心地投入到自己的工作中，認真負責，晚上把自己最可愛的一面留給最在乎的人，認真地卸妝、洗澡、入睡，平靜地接受所有不平靜。

往前走吧，你會遇到那個「如果全世界都對你惡語相加，他也會對你說一世情話」的男人，會找到一份讓你覺得自己也變得很酷的工作，會去一個當地人說話溫暖客氣、風景自帶濾鏡的美麗島嶼，會有平靜又豐富的一生，會有很多很多的小確幸。

你越來越好，會活得很柔軟，又很堅定。

我們俗不可耐，我們如此可愛

就算別人已經給了她很多很多愛，她還是覺得，自己是個自尊心多高的人啊，想要每天吃美味的食物，穿漂亮的衣服，不用擔憂未來，活得浪漫又堅韌——這些，都要自己去實現。

很小的時候，媽媽和我說：「我希望你獨立一點，透過自己的努力，讓自己的生活好一些，想去哪兒就去哪兒，喜歡做什麼就做什麼，活得開心又瀟灑。」

「有錢，任性」是她對我的期許。

嚴肅點說就是，你要經濟獨立，想要的東西自己買給自己；你要思想獨立，追你的男孩子再多，也不會隨便跟別人跑了。

我身邊有很多女孩子很會賺錢，她們比我早一步懂得精打細算，讓自己活得妥妥當當。可能對於她們而言，錢不僅是拿來買衣服包包化妝品的，還是走向自由的階梯。

正在上大學的桃子下定決心要為自己存一筆錢。特別是當她假期和朋友去日本自由行之後，覺得那種把自己拋到沒有人認識的地方的感覺實在太棒，所以，她想要更多這樣的體驗。

她每月都做很多額外的工作。除了好好讀書，做個世俗意義上的好學生，她還幫雜誌寫稿子，和編輯們鬥智鬥勇，搞得像是家道中落，賺錢幫家裡還債的落魄小姐。她也不是真的缺錢吧——桃子的媽媽去國外工作了，但每月生活費會按時匯款；平時開銷也不是很大。

但是她好像愛上了存錢，一邊努力完成學業，一邊到處趕場，把自己搞得很累。

有次我問她：「你這架勢……不會是要賺錢買房吧？」

電話那邊大笑：「我連一坪都買不起啊，也不想那麼早就做個房奴。我在替自己的畢業旅行存一筆錢，去美國看我媽，說走就走。」

桃子有個交往了幾年的男朋友，正正經經的理科生，踏踏實實的ＩＴ男，把未來規劃得相當簡單。他很心疼每天熬夜寫稿子的桃子：「你就不要那麼辛苦了吧，我可以養你啊。」敲打著鍵盤的手忽然遲疑了一下，桃子抬頭望著他傻笑：「好啊。」隨即目光又回到寫到一半的句子上，她悄悄在心裡盤算著更大的計畫。

朋友說她自找麻煩：「你那麼累幹什麼，畢業回家早點結婚生孩子不好嗎？女孩子真的不應該那麼辛苦，就應該被寵著。」桃子心想，可能是因為生長在單親家庭，也見多了結婚又離婚的夫妻，所以這麼多年來她始終無法完全相信愛情。愛一個人的時候時常會有種將要失去的錯覺，對方對她再好，她也不願意將男朋友當作一張短期或者長期的飯票。

桃子常常在深夜給我打電話，她總是愛在那個時候到樓下晃來晃去，喝即溶的咖啡，然後很矯情地告訴我，或許她這輩子都難以在愛情裡找到絕對的安全感了，又或者說，她沒想過依靠愛情。

有些女孩子就是這樣子，天生就不那麼相信來自其他人平白無故的好處。她們不願意總是麻煩別人，相信努力賺來的薪水、真正學到手的本領和閱讀後累積的知識，那些東西好像摸不到，卻不會騙自己。

她過得並不是那麼輕鬆，卻也還好，和二十幾歲的大學女生沒有什麼不同。她很倔強，也相當自卑。有時候我覺得她比我成熟得多，但有時候她也告訴我最近的生活被處理得一團糟。她時常脆弱敏感，她時常絕對理性。

她從來沒有把未來寄託在嫁一個有錢的老公身上，也不想做任何人的附屬品。她覺得自己用自己賺來的錢很好，清清白白，瀟瀟灑灑，這是自己對自己的寵愛，與其他人無關。

就算別人已經給了她很多很多愛，她還是覺得，自己是個自尊心多高的人啊，想要每天吃美味的食物，穿漂亮的衣服，不用擔憂未來，活得浪漫又堅韌——這些，都要自己去實現。

—◆—

我和桃子很久沒見了，自從高中畢業之後，就生活在兩個地方。

我時常想起她，看她寫的東西，從她的SNS動態看她近來的生活。她好像長胖了一點，笑起來的時候多了些年輕女人的成熟與嫵媚，她把頭髮留長了，像貓一樣柔軟。

她有時候會問我：「維安，你說，我這樣子會不會太現實了？」

我說：「是啊，你變得現實了，你這個俗不可耐又自找麻煩的女人。」

她大笑：「有種你別存錢。」

剛和她講完電話，我為自己辦了幾個銀行帳戶，每到月末的時候，我會算一筆帳，扣除一些零用錢，將固定金額的錢小心存好。看著那些錢從四位數，到五位數，一直往上漲，就像逐漸升高的海平面，水溢出來沒過了圍欄，自己是一艘小船，將要開出去了。

我也不知道寫這篇文章的時候為什麼忽然會想到桃子，想到這個我認識了很多年的老朋友。可能是最近我在照鏡子的時候，發現我和桃子長得越來越像了吧。只不過她永遠是比我更酷的那個。

當我們還是小女孩的時候，我們愛花，愛洋娃娃，愛那些代表著美好的事物。

我們長成年輕女人的時候，開始愛錢，愛男人，愛這個不公平又有些冰冷的社會，也仍然愛那些代表著美好的事物。

我對自己的人生有很多允諾，比如坐在圖書館五樓寫東西寫到再也寫不出一個字時，看看西邊下沉的雲彩，告訴自己，我要在某一個時刻，去某一個地方，不要人跟著，專程去看雲彩。

無關孤獨。這些儀式感都是自己為自己創造的，因為有時候生活太無趣了，

必須想著辦法討好自己，和自己玩。

忽然又想到沈復寫陳芸「拔釵沽酒，不動聲色」的樣子。我們都渴望有這樣的瀟灑，不用拔釵，也無須良人相伴，就這樣放歌於野，行遊於市。良辰美景，不輕放過。

我們俗不可耐，我們如此可愛。

你不要學壞，你可以不太乖

我媽總是很願意在我身上「浪費時間」，把時間耗在「選紅色還是藍色」上。多年之後她解釋：「你小時候眞的很沒有主見啊，所以一定要讓你學會自己選擇。」

和表哥一起到外婆家吃飯，幾個月未見，老人家一看到我們回來就忙裡忙外。我買了件羊毛衫給她，穿起來合身，她高興得不得了。本以為是因為喜歡衣服，後來她把一櫃子幾乎都沒穿過的漂亮衣服一件一件展示給我們看，才明白讓老人歡喜的不是衣服，而是屋裡的熱鬧。

她說：「今天你們都回來了，我很開心。漂亮的衣服是很多，穿給誰看呢？」

每當這個時候，我就會心生愧疚，自從去外地讀書，離爸媽很遠，與家中老人見面的機會更有限。

在學校打電話給外婆，說起近日在學校生活的情況，向來是報喜不報憂的——拿了什麼獎，哪本雜誌刊登了我的文章，存了多少錢，這些逐一彙報；頸椎疼了，沒睡好，心情不好，這些不說也罷。心想著，就算是給外婆營造出一種外孫女在外事事順利的假象也是好的。

她常對我說：「你們這輩三個小孩，你是跑得最遠的那一個。你還可以走得遠一些，不要覺得是個女孩子就早早地想著穩定，我是開明的人，不會想把你們都綁在身邊。」

老人家倒是與時俱進，思想很前衛：「出去多闖一闖，女孩子不要老是待在家裡。」

仔細想想，我從小就不是被當成一個「女兒」來期待的，不曾享受過太多「小公主」的生活。很小的時候，我媽買文具給我，我拿著兩個花色不同的鉛筆盒對比著看了半天，始終無法下定決心，眼巴巴地望著她：「你覺得哪個好看？」

「你自己決定。」

「我不知道。」

「那你再想想，我等你想好。」

我媽總是很願意在我身上「浪費時間」，把時間耗在「選紅色還是藍色」上。多年之後她解釋：「你小時候真的很沒有主見啊，所以一定要讓你學會自己選擇。」

小時候去肯德基吃東西，不論是向店員要番茄醬還是要餐巾紙，媽媽從來都是讓我自己去。哪怕只是一句話的小事，也一定要藉此機會訓練我學會和陌生人說話。

大概是從那時候開始吧，知道世界上大大小小的事情都要靠自己，幾歲的時候可以在踮腳才能搆到的櫃檯前向服務生要一張餐巾紙，大了才敢面對一排評審面不改色地闡述觀點；小的時候學會在兩個漂亮的鉛筆盒中選擇其一，長大了才懂得怎麼樣在兩個男生中選擇最喜歡的。

從不覺得因為自己是一個女孩子就失去了多少權利，多了多少義務。我願意相信這個社會給女人的尊重會越來越多，至少我會為自己爭取更多更多。

—◆—

曾經想，如果我有一個女兒，我一定教她良好的禮儀，卻不會給她太多框架規矩。

我希望她成為一個豐富而迷人的女孩，這種氣質是教不會的，是一種心氣和性格的附屬品，是眼界、內涵的疊加，是獨一無二的。

我不要她墮落、消極、自我欺騙，我也不希望她無趣、隨波逐流、媚俗而廉價、對這個世界唯命是從。

她是如此珍貴而可愛，她值得所有美好的人或者事物。

王菲為自己的大女兒竇靖童寫了一首〈童〉，裡面有一句歌詞是：「你帶著一身明媚，離開我溫暖的堡壘……你不能去學壞，你可以不太乖。」

這是一個超酷的媽媽對女兒的期許。

事實證明，這個在音樂圈裡被期待的女孩子自在地生長，並沒有辜負媽媽對她的期待，於是這世界上有一種高冷的溫柔叫竇靖童。

我並沒有聽過王菲很多首歌，卻意外地鍾情於竇靖童的聲音。她們都很酷，雖說血緣一脈相承，但各有各的酷。

這個二十歲的女孩在樂壇的期待中長大，也是人們喜歡談論的話題——她是天后的女兒，是一個標準的「星二代」，她的名氣都是天生的，她彷彿是被預先塑造好的形象。

她變得越來越紅，卻並不源於她是誰的女兒，帶著誰的光環，她本身的才華和氣質就足以支撐她所擁有的一切。她不是王菲 2.0，她不是竇唯 2.0，也不是王菲竇唯 mix 版本，她就是她自己。

看過一段竇靖童的採訪，禮貌，謙虛，又不失想法，對於音樂的靈氣與生俱來，後天又多加打磨。她抽菸，紋身，把頭髮染成各種各樣的顏色，卻沒有如外界預想的那般冷而帶刺。她去咖啡店打工，抱著妹妹寵溺地笑。那種酷是平易近人的，自然而然的，讓人感到舒適的。

那種低調的鋒芒，掩藏又自然的驕傲，是一種「成熟的任性」，「自己為自己塑造的樣子」，是不為外界造成麻煩的自我堅持。

她的笑裡有些靦腆，解釋道：「從小就蠻乖的，沒有怎麼叛逆過，為了叛逆而叛逆，在我看來是挺傻的事情。」

和外界的猜測相去甚遠。

她並沒有學壞，好像也不太乖，但是真的蠻酷的。

——◆——

曾經有讀者留言給我：「我以前就是那種抽菸喝酒又打架的女孩，有過很多個自以為酷的男朋友。那個時候覺得做這些事情很瀟灑，也不是為了什麼，只是想和別人不一樣。現在回想起來覺得蠻幼稚的。」

她說，我喜歡現在這個自己，不追求「表面上的酷」，真正的酷應該在內心。她把頭髮顏色染回來了，戒了菸，不再去酒吧，也不再和不良少年混在一起，有時候早早起床和同學去圖書館看書、背單字，錯過的那些單純的讀書時光終於補回來了。

酷是一種自覺和合適，是一種內在的穩固。

以前我總覺得「乖」是一個褒義詞，是優秀女孩子標配的氣質。後來才發現傳統意義上的「乖」在這個時代其實是有些落伍的：這個「乖」不是單純地聽父母的話，聽前輩的話，而是順著大多數人的意，滿足大多數人所謂的「正確」——

「乖」於鐵飯碗的安穩，「乖」於金錢至上的社交關係，「乖」於一份穩定卻不夠愛的感情，「乖」於得過且過的日常。

現代的年輕女孩，應該學著長成她們自己想要的樣子：是獨立的，是思緒清晰的，是有主見的，是幽默而爽朗的，是富有創造力的，是不屑於學壞的，是不太乖的，甚至有那麼一點點小野心暴露其中。

是能享受得起最好的，也能承擔得起最壞的。

這些話，寫在我二十歲的最後一天。

送給我，也送給你們。

很多事情都是在走了一定的距離之後才出現了意義。
之所以覺得是彎路，
很可能是因爲走得還不夠遠。

那些逝去的時光都不是白白流走的，
它們終將以另外一種形態依附在你身上，
讓你成爲了現在的你。
你走過的坦途可能讓你腳步輕飄，
繞過的彎路卻會讓你學會珍惜和踏實。

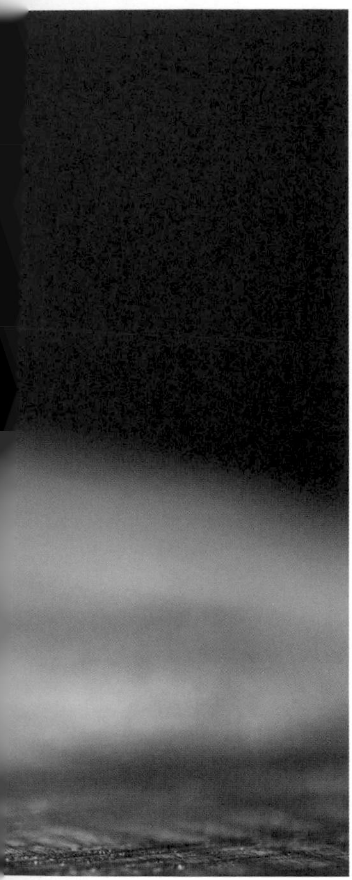

我們生而對「變化」有種擔憂，
很多人以爲不變眞的可以應萬變，
只要不越過雷區半步就是安全。
可是安全範圍越來越小，等到沒有落腳之處的時候，
你才幡然醒悟，
總是畫地爲牢的那個人，才滿盤皆輸。

Part 4

理直氣壯的走彎路，每一步都值得眷顧

有一段時間，我也曾爲自己的狀況苦惱萬分，覺得自己所做的一切毫無意義，失望，焦躁，難過不堪。

忽然發現我們好像都生活在一個勝者擁有絕對發言權的世界，有了最後的成功，之前所走的路好像才是有意義的。所以我們聽一個名利雙收的老闆講他創業階段睡路邊吃便當的故事會熱淚盈眶，卻對一個街邊賣藝爲了音樂夢想縮衣節食的年輕人嗤之以鼻。

在大學，孤獨是一種常態

我感激這份孤獨讓我在這嘈雜熱鬧、光怪陸離的大學海洋裡，開闢了自己安靜平和的一席之地。我把自己置身於這個叫「我」的孤獨小島上，仰望漫天星光，感受世間萬物令人沉醉的美。我很感謝自己擁有了選擇的權利，因此有機會躍進那洶湧的人海中去劈波斬浪，也有著私人的休憩之所。

前幾天，一個班上的同學私訊我，說了她的困惑：「在大學裡，雖然一個人很自由，但是總覺得自己沒有一個很貼心的朋友，感到很孤獨。」她一直都不想偽裝，不想有那種刻意拉攏朋友的舉動，但是看到其他人結伴而行也很羨慕：「為什麼他們就能輕而易舉地找到知心朋友呢？」

這樣的困惑，我大一的時候也經歷過。

起初室友關係還不錯，新生訓練時四個人整天黏在一塊，閒暇時一起看電影、購物、吃飯、聊天，非常開心。

大學生活正式開始，各社團也陸續展開招生，從小就積極參加各種活動的我報名了很多學生組織和社團，幸運地通過了面試，開始了忙碌的生活。

隨著學校社團的事務越來越多，加之自己又參加了很多有趣的活動，於是每天晚自習結束後我不能再和室友一起回宿舍，而是去圖書館看書、寫企劃。後來在忙碌中漸漸意識到時間的可貴以及自身能力的不足，於是更有意待在圖書館裡和自己拚命。

一段時間過後，寢室四人之間關係變得有些微妙，我覺得怪怪的，也生疏了不少。想著是不是因為自己太忙而忽視了她們，於是時不時邀請她們一起去吃飯、買東西，也在寢室閒聊的時候插幾句嘴，和她們一起大笑。我很想再次融入團體的生活，可是不知道為什麼，心裡有些無法接受晚自習後無盡的電視劇和遊戲，無法接受沒有計劃的生活和沒有目標的狀態。

我拿著比賽獲得的獎狀回到宿舍，面對的卻是三張冷漠的臉，於是下一次拿到獎盃的時候，我在進門前小心放進包裡，隻字不提。後來大家的話越來越少，沉默像是一個黑洞，經常讓我在夜裡失眠。我寫了長長的信，檢討自己忙得忽視了室友，沒處理好與大家的關係。

等來的是兩個人的無動於衷和一個人背地裡的冷嘲熱諷。

這樣的關係消耗著我對於大學人際交往的好感，很長一段時間裡，我發全班作業時，甚至不敢看同學們的眼睛。我覺得我是一個很失敗的人，我造成了這一切。

一個傍晚，我回到寢室，只有一個室友在，她準備出門，走之前冷冷地看了一眼整理東西的我，「啪」的一聲把燈關掉，然後匆匆離開。我一個人在黑暗中愣住了，在此之前，我幾乎沒有和誰吵過架，也很少鬧情緒。

奇怪的是，我並沒有很氣憤。我默默打開燈，內心一個一直想不通的點也豁然開朗了。我沒有錯，她們也沒有錯，只是大家的選擇不一樣，所以不可能回到過去了，也沒必要回到過去。

我的心告訴我，不應該強迫自己去迎合他人的價值觀和生活習慣，我們來自不同地方，有著各自不為人知的過去。因此我們的價值觀並不能忍受任何一種將就。

不合群是一回事，不將就是另一回事。

所有的結果都是自己造成的，不管好的壞的，都是我們的選擇經過時間發酵出來的。從那之後，我不再允許自己為這份吃力不討好的關係糾結難受，我認為只要做好自己，並且維持基本的尊重就可以了。

◆

後來我擁有了很多合拍的朋友，我們大部分時間各自忙碌，閒暇時聚在一起吃飯聊天。朋友間最好的狀態，應該就像戀人間最好的狀態一樣：給予對方足夠自我獨處和提升朋友的時間與空間，然後在忙碌過後，共同分享進步的欣喜。

我經常在圖書館遇見一個同學院的女孩子，她總是素顏，抱著一大疊英文檢定課本踽踽獨行，臉上帶著淡漠的表情。我幾乎沒看見過她和其他人一起走。

「應該是個比較嚴肅內向的女生吧。」我在心裡想著。

我其實是認識她的。在一次英語表演賽上，我們是競爭對手，她演的是影集《破產姐妹》裡的Max。我真的不知道貌不驚人的她原來能夠說如此流利而有表現力的英文，聲音清澈而響亮，唱起歌來也讓人驚豔，我打從心底覺得她比我更棒。

後來在學校轉系考試時我又看到了她，那次她少見地穿了一件很美的白裙子，和平時簡單休閒的打扮判若兩人。從她頭上細細密密的汗珠，我知道，她一定是拚盡全力的。

結果很意外，我以為總是考第一名的她可以順利轉系，沒想到結果出來讓人惋惜。早就聽說她想換一個更喜歡的科系，她是那麼努力，但是事與願違。

轉系考後的她更加沉默，常常一個人在自習室裡啃著麵包背單字，抱著一大疊書從宿舍到圖書館，小小身影在路燈下更顯單薄。

她雖然總是一人獨行，可是我覺得她的努力和認真抵得過千軍萬馬。

後來她出國了，聽她的室友說她過得很好，她很喜歡現在的生活。我由衷地為她感到高興，因為她是知道自己想要什麼的女孩子，為自己的未來做出選擇並且一直努力。

她值得擁有更好的生活。

—◆—

我常常是最後離開圖書館的那幾個人之一，我知道各個圖書館和自習室的關燈與開門時間。我並不覺得自己的努力多麼了不起，也並不是想炫耀這件事情有多麼厲害。而是想說，在大學裡，孤獨是一種常態。

我不喜歡人們為「孤獨」賦予的任何貶義的情愫，也對「優秀的人都是孤獨的」之類的自我安慰無感。**孤獨並不是一種被動的結果，而是一種主動的選擇，**

是對自己所追求的事物的一種尊重與堅持。

我很滿意如今忙碌卻充實、充滿刺激挑戰的生活。雖然有時候累到想哭，但是仍然真真切切地感受到自己在活著，在向上生長。我有很多知心而能力相當的朋友，有自己的網路電臺，有自己的寫作平臺，有一些屬於自己的閒暇時間。我能夠在每天早上起來，收到來自陌生人的祝福或他們的困惑，我很開心我能夠幫他們解決一些小問題，成為他們口中的「讓人感到心安的維安」。

如今，我還是常常一個人去上課，去圖書館，去操場聽歌跑步；也常常在週末和朋友去拍照，去看電影，去花樹下喝梅子酒，一起開懷大笑。

我依然愛著劉瑜的這句：「人要讓自己活得像一支軍隊，對自己的大腦和心靈招兵買馬。」

一個人的時候會更加清醒，擊倒盲目。

我感激這份孤獨讓我在這嘈雜熱鬧、光怪陸離的大學海洋裡，開闢了自己安靜平和的一席之地。我把自己置身於這個叫「我」的孤獨小島上，仰望漫天星光，感受世間萬物令人沉醉的美。我很感謝自己擁有了選擇的權利，因此有機會躍進那洶湧的人海中去劈波斬浪，也有著私人的休憩之所。

這是我的生活常態，我是自己的國王，也是自己的臣民，我為自己頒布準則，也對自己投以深深的信仰與服從。

在大學，孤獨是一種常態，我愛著這種狀態，感到既深刻，又自由。

那個總是獨自一人吃飯的女生

沒有人陪你吃飯不可怕，可怕的是你因爲怕別人注意到你是一個人，就隨便買一個麵包塡肚子。你要記得按時吃早餐、午餐和晚餐，還要記得均衡搭配，少吃泡麵，多吃五穀雜糧，多喝水，多運動，要打起精神，要把時間分給那些愛你的人，而不是糾結誰不愛你。

聽很多人說過一件有意思的事：如果一個人去海底撈吃火鍋，服務生會在孤獨食客的對面放一隻小熊娃娃。

一個朋友為了驗證這個傳說的真偽，真的獨自一人跑去海底撈吃飯。剛坐下來，表示是獨自前來，服務生就抱來一隻毛茸茸的泰迪熊。鄰座的小男孩看到了，嚷著：「為什麼她有小熊？我也要！」他的媽媽安慰道：「因為姐姐一個人吃飯很孤獨啊，所以小熊來陪她。」

朋友剛剛的好心情頓時消失了，她哭笑不得：「我不懂，一個人吃飯為什麼就代表著很孤獨？」

一個人吃飯，真的很孤獨嗎？

大概對一些人來說，是的。

我的判斷源自於有次無意中發現了一個女生的秘密。

某個中午餓得不行，跑去學生餐廳的時候正是用餐的尖峰時間，餐廳裡人頭鑽動，每個窗口前都排著長長的隊伍。我選了一條相對人少的隊伍跟上去，一邊聽歌一邊伸頭去瞧今天有什麼菜。

雞蛋豆腐、炒蓮藕、糖醋里肌……當我決定好今天的菜單，眼光收回來的時候，恰好瞄到了前排女孩子的手機。她個子小小，頭髮披肩，塞著耳機，低頭專心地看著韓劇，是《藍色大海的傳說》。

我在她後邊有一眼沒一眼地瞟著劇情。滿螢幕都是全智賢和李敏鎬的臉。看著看著，手機螢幕忽然一黑，她左右按了按鍵，都沒有反應。應該是手機沒電了。她隨即把耳機和手機塞進口袋，開始點菜，而我也把目光收回，如願點了雞蛋豆腐、炒蓮藕和糖醋里肌。

你知道的，學生餐廳是學校裡學生密集的地方，嘈雜，擁擠，熱熱鬧鬧。這裡的餐桌都是一張桌子配四把椅子，通常情況，一間寢室的四個人剛好坐滿，笑笑鬧鬧；三個人，一人對著兩個人聊，氣氛也剛好；兩個人面對面，哪怕只占了桌子的一半，場面依然很和諧。

可是，如果只有一個人，就顯得有些怪怪的了，就像蜷縮在角落的小動物。

餐廳的左側有著巨大的落地玻璃窗，落地窗旁的桌子看起來和其他桌子並沒有什麼不同，可放眼望去，人群到了這一塊地方就變得稀疏，彷彿心照不宣地認定了這是屬於「獨自吃飯」的人的區域。

而我是那裡的常客，一個人吃飯的時候也會留意到其他的「一個人」們。那天的餐廳人似乎特別多，平日屬於一個人的位置也被三三兩兩地占據，只留下零星的幾張桌子。剛才站在我前面的那個女孩子，她端著盤子在我的斜前方的空位坐下。剛開始我並未在意，一邊吃飯一邊滑手機。

不經意地一抬頭，發現那個女孩子掏出了自己的手機，放在耳邊，像是在打電話的姿勢。

我詫異地看著她，看著她的手緊緊地握著手機，一邊大口吃著飯，一邊時不時發出幾句嘟囔：「是嗎？我也覺得⋯⋯」就像在和人聊天一樣。

若不是剛剛親眼見證了她忽然黑掉的手機螢幕，這個場景看起來並沒有什麼奇怪。

我忽然覺得很難過，因為我好像發現了一個獨自吃飯的女生的秘密。她在透過這樣的方式，偽裝她的尷尬。

她匆匆吃完飯，把碗筷一放，快步走了。她的瀏海很長，我看不清她的表情。

我想像著她的世界，一個人吃飯是什麼感覺呢？

大概就是，明明老師今天提前下課，餐廳排隊的人很少，今天的菜色是自己喜歡的，阿姨甚至還多舀了一勺給你，你端著熱氣騰騰的餐盤卻並不快樂。

一口吃下去，冰涼，滋味寡淡。

一個人的孤獨開始於自己試圖隱藏和逃離這種表面的孤單。

我很懂她那種感覺，畢竟誰不是這樣過來的呢？很多女孩子從小就習慣了成群結伴，習慣了三五人一起買東西、吃飯，甚至上廁所，習慣了左右總有一個人和自己腳步一致，習慣了話語之後有人附和，或者是習慣了附和別人。

讓她們安心的不是和誰在一起，而是，有人和她在一起。所以一旦那些總是在身邊的人不見了，獨自走著也會亂了陣腳。

這大概就是一種叫作孤獨的東西吧，它總是潛伏在生活中的各個時刻。

——◆——

我們總是很愛為自己「加戲」，把一件再平常不過的事情變得像是有深仇大恨。追根究柢還是因為自己沒有適應，以及對他人的看法過於敏感。

在自我意識還不是那麼明顯的時候，很多人常常把「獨自一人」的意思擴大了。其實這個世界上大家都很忙，大家都有自己的事情要做，別人陪你吃飯或者你陪別人吃飯，不是為了證明彼此不是孤獨的、沒朋友的。

只有心虛的人才急於證明別人不在意的事情。

我們面對不同人的狀態真的是不同的。

你會發現，你的真心話可能只會對固定的那幾個人說，有些人是可以一起聊八卦的，有些人就是客客氣氣的，有些人是工作夥伴，有些人只是一起吃飯的。

這讓我漸漸覺得，「獨處的時刻」是種奢侈品，它的珍貴不在於它可以拿來標榜什麼，而在於它可以讓我們慢慢地思索生活的脈絡，以及自己的真實想法。

特別是身處大學校園，張揚、恣意、狂歡的時刻很多，群聚、八卦、嘰嘰喳喳的時刻也不少。你以為朋友很多，可是漸漸發現，有些所謂的「朋友」，不過是專門聊八卦的，專門一起吃飯的，專門一起去上課的，專門一起工作的，專門客氣相待的。

能說真心話的人，太少太少，或者根本沒出現過。

這是很多人想觸碰又不敢觸碰的話題，很多瑣碎的、牽絆生活的細微情緒也由此而起。其實我覺得，我們沒有必要把「一個人」當作一段非常難熬，要咬著牙才能度過的時光。

其實你放輕鬆，慢慢地走，也可以走到一切風平浪靜，也可以走得愉快。因為沒有那麼多人在意你是不是一個人。

「時常感到孤獨」是我們的共通點，是這個年紀的人必然存在的屬性。只不過有些人承認得早，而有些人遲遲不願面對這個現實，還企圖透過嘲笑他人來偽裝自己。

我想說，沒有人陪你吃飯不可怕，可怕的是你因為怕別人注意到你是一個人，就隨便買一個麵包填肚子。你要記得按時吃早餐、午餐和晚餐，還要記得均衡搭配，少吃泡麵，多吃五穀雜糧，多喝水，多運動，要打起精神，要把時間分給那些愛你的人，而不是糾結誰不愛你。

這樣說可能有些矯情了，但我還是希望你能夠照顧好自己。

大學四年是一場隱形的延長賽

有人說大學考試很公平，努力讀書和不努力讀書會有不同的結果。我覺得大學也很公平啊，努力提升自己的人和不努力提升自己的人也會有不同的結果。

對於那些知道自己想要什麼人，走到哪裡世界都是公平的；即使暫且處於劣勢，也能夠扳回一成。

我想先問你一個問題：你的大學考試成績是否讓你感到遺憾？

如果你的回答為「是」，我想請問，現在的你，是否做了些什麼來彌補這個遺憾；如果你的回答為「否」，我想知道，現在的你，是否做了些什麼來延續這份滿足。

很多高中的學弟學妹問我考大學重要嗎？當然重要，因為考大學對你來說是未來，而此刻你所做的，能影響這件事的結果。

很多大學生問我考大學是否重要？當然不重要，因為考大學對你來說是過去，無法改變，但此刻你所做的，可以影響你未來的結果。

我們要關注的始終是「未來」。考大學是一場比賽的終點，也恰恰是大學四年這場延長賽的起點。

一個學姐拿到了心儀大學的offer，將成為香港中文大學的研究生。

她說自己向三所學校投了申請，其中兩所大學早早就發來了offer，唯獨最心儀的中文大學遲遲沒有動靜。她一邊實習，心中依然心心念念著那張名校門票。

我想怕是沒希望了，卻忽然看見她發了則SNS動態：「上班時看到這封郵件手都抖了，等offer等到懷疑人生，等到放棄的邊緣，終於來了！」

最心儀的那份offer姍姍來遲。

其實幾天前，她還表現出隱隱的擔心：「香港中文大學更傾向於選擇世界排名靠前的大學生，雖然我的成績和雅思成績還可以，也有經歷，但心裡還是很不安。」

我看過學姐的大概資料，她就讀的學校不是那麼好，但是她個人的實踐經驗可圈可點：去臺灣當交換學生，做國際志工，參加學術論壇，在NGO實習……總之是一份很精彩的人生履歷。

其實仔細看看這些申請條件，除了學校水準是「先天的」，對此無計可施，其他的豐富經驗都是「後天」自己為自己創造出來的。

她很清楚自己的缺點，好在，她的優點也很多。

四年的努力和熱情，足夠讓她把自己打造成一塊用實力說話的「金字招牌」，甚至可以蓋過學校本身賦予的光環。

這些改變，都是她在「延長賽」裡的努力換來的。

至今仍然覺得大學考試失利是我十八歲時的一個遺憾，只不過這個遺憾在日後的努力中慢慢地被撫平，被安慰。

如我這樣的個體並沒有改變世界的力量，那就只能修繕自身。既然短時間內難以改變這些缺點，索性就增加自己的優點。

經常有高中的學弟學妹留言給我說覺得生活太累，天天都要面對考試分數和排名。我安慰他們：「沒事的，熬過去就好了，其實大學也沒你想的那麼輕鬆呢。」一語重心長後反而隱隱有些羨慕的意味。

如今回憶起來，若不是總被那些分數和排名的壓力所「奴役」，很多人可能都不會狠下心讓自己多做點考題、多看點書，以換得一個高分的機會。

大學的可怕不在於辛苦，不在於壓力和排名，恰恰在於，這樣的競爭是隱形的、溫水煮青蛙般的，大學給每個人很大的自由去愛做什麼做什麼，然後在某一個時刻忽然顯現出它的殘酷，殺得人措手不及。

有個讀者曾經跟我說過這樣一個比喻：「大學四年是一場隱形的大學考試。」我認為大學四年其實是一場隱形的延長賽。

在體育比賽中，延長賽意味著勝負尚未明確，需要延長比賽時間以得出結果。大學考試決定的只是科系專業的方向和起點的高低，就像是一場熱身賽，之後的四年才是真正較量的時刻，能跑多遠，就是你自己的事情了。

我也很羨慕那些在名校的同學們，但我羨慕的不是學校本身的高度，而是他們能夠擁有的資源和機遇。可能我所在的地方沒有那麼多的機會，那我就自己尋找，自己打磨，沒有路也挖一條出來。

有差距不可怕，可怕的是你沒有意識到這些差距都是可以彌補的。

吃飯時朋友們相互開玩笑：「讀了幾年大學，發現大家的笑點都不一樣了。」一真是這樣。不僅是笑點，我們的談吐、見識、應變能力似乎都在這四年裡慢慢有了差距。

這樣的差距不是一天造成的，而是日積月累的結果——昨天你去圖書館，我在宿舍打遊戲；今天你去複習功課，我再看一部韓劇；明天你去參加一個志工活動，我去逛街購物；後天你帶著厚重的履歷拿到offer，而我只能尷尬地對面試官笑笑：「我不會。」

有人說大學考試很公平，努力讀書和不努力讀書會有不同的結果。我覺得大學也很公平啊，努力提升自己的人和不努力提升自己的人也會有不同的結果。

對於那些知道自己想要什麼人，走到哪裡世界都是公平的；即使暫且處於劣勢，也能夠扳回一成。

我越來越喜歡這樣優勝劣汰甚至有些殘忍的世界。因為它對那些想努力的人、想變得更好的人，始終保留了一扇窗戶。我不敢將自己淺薄的經驗之談上升到人生的高度，也不能保證一個人的付出會和他的收穫完全成正比，但我始終相信，在二十歲出頭的年紀，很多事情都是有可能的，如果你說不可能，也請用失敗證明給我看。

只會抱怨和懊悔的人很容易出局。

希望四年之後的你，要麼有好看的學歷，要麼有出色的能力，最好兩者兼具。那個時候你可能會發現，大學考試給我們的東西遠不足以支撐未來，名校的光環也僅僅是暫時的，四年踏踏實實地完成自己給自己的許諾，擁有不容置疑的實力，才是面對未來的真實底氣。

畢竟，「比昨天的自己更好一點」是一件多麼讓人上癮的事情。

做你該做的事情，趁這場延長賽還沒結束。

你本來就與眾不同，何必變成大家都愛的那種

我們追逐的、轉發的觀點會不會是一場精心策劃的狂歡？在經過各方觀點的狂轟濫炸之後，個人主見的小燈塔被夷爲廢墟。以至於有時候我們在發表對於一件事情的看法時，第一反應並不是內心的眞實觀點，而是先下意識地點開SNS，看看最新的最多按讚的留言是什麼，以求得「政治正確」。

不久之前萌生了一個念頭，想要採訪十個大學生，聽聽他們對於當下生活的思考。我將採訪對象定位為那些比同年齡層優秀的大學生，可在我遇到了第一位受訪者之後，我改變了自己的初衷。

這個採訪對象好像屬於這個範圍，又不屬於這個範圍。總之，她的出現讓我反思了這個定位的正確性。

遇到她的時候是在長途客運上，我們有緣成為鄰座。起初我們都戴著耳機低頭滑手機，在付車票錢的時候她少一塊錢，我掏出了口袋裡多餘的一個硬幣，於是我們的對話就此開始。

三個小時的車程，足以讓兩個完全陌生的同齡人無話不談。

我姑且叫她阿某吧。「剛進大學的時候，我是芸芸眾人中的某一個」——因為她這樣描述自己。

那個剪著齊耳鮑伯頭，髮尾帶點芥末綠的女孩子穿得很潮，頭上一頂麂皮的貝雷帽，脖子上戴著頸鏈，有點像《終極追殺令》裡的瑪蒂達。阿某就讀大學三年級，課餘時間喜歡跳舞，尤其是爵士舞，她和學長學姐一起成立了一個舞蹈工作室，經常有商演。

我們的科系相去甚遠，一個學中文，一個學會計，聊起大學裡的種種，路上顛簸搖晃，也是一路歡笑。我摸著她芥末色的髮尾：「我覺得跳舞的人都好酷啊。」

她笑起來很爽朗：「現在很多人說我酷。但是你知道嗎，我大一的時候，沒人說我酷，一直都是我覺得別人酷。」

阿某是個上進的女孩子，或許並不是天生就那麼聰明吧，高中拚命地讀書，換來一個尚可的成績。

「我剛上大一的時候就是個呆呆傻傻的女生。」她剛進大學的時候，立志要做一個偶像劇中的女神資優生，所以對照著網路上流傳的各種「大學生必做指南」開始製訂自己的「女神塑造計畫」。

因為喜歡看韓劇，大一的時候，阿某狠心掏了幾萬元，報了一個韓語教學班；看到室友買了一把吉他，她也心癢起來，為自己添購一把；她參加了演講協會，又有同學找她一起參加新聞通訊社，她也心動；每天晚上，她還要練舞，參加表演。

時間和精力很快就不夠用了，但阿某還在用「別人都在進步，我不多努力一下就趕不上了」的理由勉強支撐自己。而且，頗有好感的班代也成了她努力構建自己的理由之一。

「我們班代真的是一個非常優秀的人，還很聰明，學起東西非常快。」有這樣的人在身旁，越是煽動起她「想要變好」的焦慮，只不過有時候越焦慮，反而越盲目。

大一時難以走近的班代，現在成了阿某的戀人——大二的校園晚會，班代看了阿某擔綱主角的街舞演出，在後臺送給她一大束淡綠色的玫瑰花。

和班代在一起之後，阿某打算重新審視自己負擔過重的生活。

「那段時間我天天在練舞室練習，每次都最後一個離開，在回宿舍的路上想了半個月，最後決定把該放棄的都放棄。」後來她修正道，「也不能說是放棄，或許本來就不適合我。」

於是在大二結束的時候，她把韓語課程轉賣給了同學，推掉了演講協會的職務，放棄了耗時又薪水不高的文藝咖啡店店員工作。然後用自己省下來的錢，和學長學姐一起成立了工作室。

她說做了快半年的舞蹈老師，很累，但是從來沒覺得厭煩：「或許這才是我真正喜歡的事情吧，我覺得我可以一直跳下去，直到有自己的工作室。」

我覺得自己和阿某蠻像的，**在最開始的時候，總怕自己的成長過程中會落下什麼，曾經的很多決定都是「參考」他人之後的結果，拚命追尋之後才發現，適合別人的，不一定適合自己；別人喜歡的，自己不一定真的喜歡。**

分別前阿某拉住我：「給我你的帳號，我把那一塊錢轉給你，我不習慣占人便宜。」

我搖頭：「就當我用這一塊錢買了你的故事吧。」

阿某身上帶著很多人的影子，幸運的是，她是那個從那些影子裡跳了出來的人。

很多大學生都是如此，包括我自己，會時常在人群中陷入一種「落後於他人」的恐慌，於是草草地從別人的生活選項裡挑出一個，名曰「奮鬥目標」。

真的對這件事情很喜歡嗎？好像也並不是，常常還沒奮鬥三天就泄了氣。

有時候光顧著追求所謂的「優秀」，卻忘記了什麼才是適合自己的。

我以為自己是在追求「多才多藝」，後來才發現自己追求的是「不要被落下」。對於某種刻板的「優秀」，追求的人多了，反而成了一種平庸，再險峻的高峰都夷為平地。

你是優秀的，但這種優秀不過是「大量生產」的，縱使有再光鮮亮麗的頭銜和光環，末尾依然是與眾人無異。被大量生產出來的「菁英」，喪失了個性、獨立的判斷力和自主思考，依然是廉價的。

其實你認為的「大多數」和你一樣持著觀望態度，只不過你們有默契地躍進洶湧的「大流」。

可是也許自己真的就是那「少部分人」，委屈自己擠入大眾容器的形狀，疼了還不敢說。

一個開網路商店的學姐衣服賣得很好，有次無意中聽她說起自己的生意經：「其實也不是件件都賣得好，可能百分之八十的利潤是來自那百分二十的熱門款。」

「為什麼熱門款賣得那麼好呢？有些熱門款其實好像也不是那麼好看呀。」

學姐忽然意味深長：「可能因為CP值高，還有可能因為總有一部分人是靠『銷售量』做判斷的，他們覺得，選擇大多數人選擇的東西，不會出錯。」

或許款式並不適合，或許色彩很不襯膚色，或許風格恰恰暴露了身材的缺點，但是他們還是選擇了。

選大多數人都選的，就不會被吐槽了；選大多數人都選的，應該沒錯；選大多數人都選的，應該很安全。

我們的審美觀真的是這樣的嗎？

其實對於一個賣家來說，「熱門款」是可以被打造的，產品或許本身就「不挑人」，再加上商家的行銷手段，煽動一種焦慮，潛移默化地把很多東西聯繫在一起，比如那些在宣傳過程中摻雜的標籤，「潮人必備」、「女神標配」、「冬季必不可少」，給了很多人「穿上就是女神」的錯覺。

在衣服的選擇上流於大眾或許無可厚非，可怕的是我們的想法和觀點也在漸漸被「熱門款」侵襲。

觀點無關對錯，但我們的真實想法被一個又一個「洗版ＳＮＳ」的觀點覆蓋和侵蝕後，自己漸漸失去自我反省和詰問的習慣。

我們追逐的、轉發的觀點會不會是一場精心策劃的狂歡？在經過各方觀點的狂轟濫炸之後，個人主見的小燈塔被夷為廢墟。以至於有時候我們在發表對於一件事情的看法時，第一反應並不是內心的真實觀點，而是先下意識地點開ＳＮＳ，看看最新的最多按讚的留言是什麼，以求得「政治正確」。

在這個時代，觀點相撞可能並不是「伯牙子期知音巧遇」，更可能是我們的想法同時被熱門文章先入為主。

腦子裡裝滿了別人的想法與觀點，就沒有了自己的思想。

《歡樂頌》裡關關感嘆：「我原本以為像小曲這樣的富二代，除了玩，不會幹活呢！」安迪是這樣回答她的：「一個人群被圈到兩三個字內，比如富二代、官二代、小三、撈女，取其共通點而忽略個體的差異性，使我們往往提前預設立場，判斷結果也缺乏理性。我們可以三言兩語來概括一個人，但不應受到流行思維的誘導，不要從眾，應該基於自己的思考做出獨立的判斷。」

不要被大多數人的選擇定義了你自己的選擇，不要以熱門款的標準定位你自己的思考和生活方式。

人生太短，不做人人都愛的那一款。

等我存夠了錢，就去買一枚鑽戒

我們都來自媽媽的身體，雖然臍帶剪斷了，可是身上必定有某個裂縫通向過去，沒有人知道在哪裡，但你知道，媽媽身上有一道口子，你心裡也有一塊不會結痂的疤。

前幾天和樺樺在咖啡館坐著休息，她瞥見我電腦螢幕上珠寶店的官網網頁，以及正在對著手指估計戒指大小的我。

「你不會現在就想結婚了吧？」她笑我。

「還早呢，這是買給我媽的。」

我此前從來沒有瀏覽過這些奢侈珠寶首飾的官網，看著這些光彩炫目的精緻珠寶和價位表上讓人眼花的「0」，不禁為各位未來的新郎們感到「壓力山大」。

前陣子《奇葩說》裡黃磊的言論爆紅了：「如果有一天，那個男的跟我女兒說，沒有婚禮。我就會跟我女兒說，不要嫁給他。」真的有那麼嚴重嗎？我想大概是吧，鑽石也好，婚紗也好，都是將愛情具象化的美好事物。並不是少了一顆鑽石愛情就不夠堅固，但這些「膚淺」的儀式感，恰好是大多數女人都嚮往的表面的快樂。

我是個普通女孩，當然不例外。

早上傳訊息給媽媽。孫女士現在遠在美國，我們的時間剛好錯開十二個小時，我這邊陽光晴好，她說她快睡覺了。從來沒有想過我和她會相隔這麼遠，不過習慣之後也並無不適應。她像個二十歲出頭的年輕人一樣，在陌生的地方開始了新的人生體驗，擁有新的愛情和生活。

孫女士二十三歲結婚，二十五歲生我，二十七歲離婚。她的人生節奏在二十多歲的時候跌宕起伏，狂喜和刺痛交織而來，我的出現是她的安慰，也是她的負擔。陽光總是在風雨之後才徐徐展開，恰好她的人生顛簸得早，如今守得雲開見月明。

我身上有很多地方和我媽很像，我能成為今天這樣子，也多虧了她的栽培。在我成長的過程中，她的言傳身教，讓我養成了很多細微的好習慣，比如去肯德基吃完飯之後餐盤一定要自己倒掉之類，我至今銘記在心。

她也竭盡所能地為一個小女生創造了很多驚喜，讓我生活在幻想和寵愛裡。

我七歲生日那天，媽媽帶我去吃飯，我們坐在摩天大樓頂樓的餐廳，到了晚上七點鐘，媽媽指向玻璃窗：「你看——」

廣場上一塊巨大的電子螢幕從廣告變成了一張花俏可愛的圖片，上面畫滿了小兔子、小熊之類的卡通圖案，中間還寫了幾個大字：「祝尹ＸＸ小朋友七歲生日快樂！」

我至今模模糊糊地記得，自己趴在玻璃窗上看著這一切時的感覺，不是很激動，就是覺得很不現實。問她是怎麼做到的，她說她和我乾媽去負責螢幕管理的辦公室，和別人好說歹說，才爭取到了十分鐘的時間。

還有一年的生日，我媽帶我去買了一大袋子的粉色螢光氣球，全部吹好，串起來，掛在房間裡，就像婚禮現場那種巨大的氣球拱門。

我們還為氣球拍了照片，雖然照片現在已經找不到了，但人生中第一次迎來少女心暴漲的時刻，竟然是我媽帶給我的。

十幾年之後再回想起來，這大概是我過的最高調的生日了吧。日後的那些聚會再熱鬧再隆重，都不及我那十分鐘的生日祝福和一串粉紅色螢光氣球。這些事情我記得很清楚，以至於我認定，以後無論哪個男生再給我來這類自以為浪漫的表白伎倆，都是沒用的。

誰叫這都是我媽玩過的呢。

我對我媽始終是有愧疚的。

我爸總怪我媽把我寵壞了，說她不應該買貴的衣服和文具給我，也不應該帶著我去看她做美甲，更不應該在我要讀書的時候帶我出去瘋玩。我媽確實對我寵愛有加，到什麼程度呢，別的小朋友上街看到氣球，爸爸媽媽會說：「你看看喜歡哪一個顏色？」我媽則說：「每一個顏色拿一個吧。」於是我就像賣氣球的小販一樣，拿著一大把氣球，享受著其他小朋友羨慕的眼光。

國高中有一段時間，媽媽開始存錢買房，加上經濟也不景氣，家裡狀況並不好，卻偏偏碰上了一個叛逆時期少女瘋長的物欲。我想要的東西很多，如果沒買到還不開心，她常常無奈又生氣：「不知道我以前是不是太寵你了，你花錢大手大腳的，買東西只會看喜不喜歡，從來不會關心價錢以及你媽的錢包裡有多少錢。」

高二的時候，我和媽媽去逛街，看中一件大衣，穿上就不想脫下來了。衣服是剛上的新款，價錢真的不便宜。我心裡明白，再等一兩個月，衣服就會打折，會便宜很多，但我當時腦子不知道怎麼想的，堅持要買，和我媽僵持了好一會兒，她最終還是黑著臉去付了錢。回到家我才知道，那段時間她存款剩沒多少，買了這件衣服，很可能飯都吃不起了。

那件衣服的發票現在還被我夾在筆記本裡。這件事情可能我媽已經不記得了，但我是真的忘不掉。

我媽有很多無助和失落的時刻，她都自己扛過去了，有時候還要一併承擔我的任性和不懂事。這麼多年來，我的抱怨和痛苦，所有的負能量她都照單全收。

這些年我能感覺到自己正在變得強大，為自己鑄造鎧甲，堅硬並且可攻可守。但是我的軟肋一直沒變，只是藏得深了些，每次一提及，總是暴露無遺。

我們都來自媽媽的身體，雖然臍帶剪斷了，可是身上必定有某個裂縫通向過去，沒有人知道在哪裡，但你知道，媽媽身上有一道口子，你心裡也有一塊不會結痂的疤。

——◆——

一月的時候，媽媽打電話給我，說她談戀愛了，和一個叫 Kiran 的外國人。

我雖然搞不明白憑她那並不標準的英文是怎麼和對方認識的，也著實佩服她對愛情的追求和嚮往。

她問我的意見。我想起高二的某天晚上，我和媽媽睡在一起，我說：「我有男朋友了。」她回答的大意是：「只要你喜歡，他對你好，我都可以接受。」

如今輪到我回答這樣的問題，可以照搬當年她給我的答案：「只要你喜歡，他對你好，我都祝福你們。」

四月的時候，她打電話和我說，Kiran 向她求婚了，還準備了一枚戒指，她等了那麼多年都沒有等到的戒指，在她已經不再期待的時候，有人真誠奉上。他們去登記結婚，舉辦了小型的儀式，我很遺憾未能參加。收到她傳來的照片，兩個人的手牽在一起，各自戴著一枚結婚戒指。

她終於戴上一枚不是自己為自己買的戒指了。

我記得我媽有很多戒指，用一個小絨布袋子裝著，大多都是金的、鉑金的，其中還有一枚鑽戒。小的時候以為每個女孩長成女人後都會愛那些細碎精緻的點綴，問她的時候，她總說：「忙了那麼久，好不容易休息一下，這是給自己的獎勵。」

多年以後，我才知道所謂的「獎勵」只是一種心理安慰。無名指上的空白可以自己填補，但是「愛情」這塊空白卻無人可說，這一種自己給自己的補償，也是無濟於事。

幾個月前，我為戒指這件事情哭了一場，最後做了一個決定，許諾說：「等我存夠了錢，就買一枚鑽戒給你。」她先是很驚訝，而後覺得沒有必要花這筆錢，但在我的堅持下，她也同意了。

她今年都四十七歲了，我總得讓她有機會炫耀一番，我希望越早越好。

有一陣網路上熱衷於秀自己媽媽年輕時的照片和現在的照片，看過後才發現這些眼角有皺紋的媽媽們都曾經是那樣美的仙女。那時候的她們和現在的我們並沒有什麼不同，穿時下流行的衣服，一臉青澀，皮膚光滑，眼神明亮，寫滿了對未來的憧憬。

總說二十多歲的女孩要珍惜青春啊，回頭問問媽媽們二十幾歲的青春，可能有一大半都耗在我們這群娃娃身上了，有沒有人還記得她們的青春呢？

可能你從來沒有完全了解她，你難道不想去看一看，「媽媽」這個身分之外，她還能是誰？在你沒有成為她的夢想之前，她是誰？

憑我的判斷，孫女士除了是一個母親之外，不適合做什麼呼風喚雨的女強人，也不適合當什麼操持家務的家庭主婦。或許她天生就適合做一個喝點紅酒，練練瑜伽，不用為未來擔心，只是享受當下的生活，被幸福包圍，有人寵愛著的小女人。

媽媽，你要知道，這個世界有時候蠻小氣的，不是每個人的幸福都會準時到來。但是沒關係啊，別人沒能給你的東西，你女兒都會慢慢補給你。

而且是更多。

說不定就是必經之路

彎路

我覺得生活裡有兩個詞是會殺死前進的動力的，一個叫「浪費」，一個叫「後悔」。偏偏這兩個詞常常出現在我們的生活字典裡。

可是在經歷了一些自以爲的挫折之後卻發現，無關「浪費」，不要「後悔」，因爲抱怨和否定眞的沒有用，能做的不是給那些不起眼的過去畫上「X」，而是看看它們給現在的自己帶來了什麼。

前段時間我忽然開始單曲循環播放那首《山丘》：

儘管心裡活著的還是那個年輕人，
因為不安而頻頻回首，
無知地索求，羞恥於求救，
不知疲倦地翻越，每一個山丘。

對於這一類的歌，我向來是鮮有興趣的；而且李宗盛在我看來，還是屬於父母那一輩喜歡的「過時」的音樂人。但不知怎麼地，我被他沙啞的歌聲打動，詞句厚重又雲淡風輕，如落葉紛飛，不知不覺飄到心內一片潮濕的苔蘚。

忽然對李宗盛熟悉起來，是因為之前有一支廣告片，片中他既是以第一人稱的自述，回顧了自己在東京、溫哥華、香港、吉隆坡和臺北五個城市的經歷，又彷彿是一個旁觀者，站在一旁，看自己把過往歲月重新排演了一遍。

兜兜轉轉，來來往往，明明滅滅，牽牽連連，最後的一句是：「人生沒有白走的路，每一步都算數。」

明明知道是廣告詞，卻或直或彎地擊中內心最軟弱的部分。

李宗盛說：「每當有人誇獎我說『李宗盛你那個歌寫得真不錯』的時候，我都想說那個寫歌的李宗盛，其實你們並不完全認識。

「我想要跟大家說說過往的日子，也許你們會想要問，原來那麼平淡的日子，竟然就是這些歌的來處。」

那些從眼睛奪眶而出的苦楚，淹沒在人海裡的怯懦與羞赧，肩膀上日復一日的疼痛，堆疊成了對於過去很長一段時間的記憶，以至於如今想起來，仍心有戚戚。

中文裡有一個詞叫「彎路」，並不僅僅是說道路曲折，更多的是代指那些在工作、生活中因不得法而多費的冤枉工夫，也包含了那些年輕熱情被冷水澆熄的碰壁時刻。

於是有些人把那些被「浪費」掉的時光用「人生的彎路」一語概括，不由分說，判了罪過。好在李宗盛的這支不像廣告的廣告片提醒了我們：彎路說不定就是必經之路。

若澤．薩拉馬戈的《失明症漫記》裡說：「命運到任何地方都必須走許多彎路。」太多人想一蹴而就，正中紅心，於是千算萬算，踏上第一步就不再回頭，等終於可以回望來路，才發現終究沒逃過彎曲坎坷。

我向來愛看平凡人物的生活小記多過於成功人士的勵志傳記，因為那種字句之間的意象是可以觸摸得到的，是親切而真實的。

—◆—

前段時間去了一家民宿當民宿試睡員，第一次嘗試這樣新奇的工作，難忘的不僅是這份經歷，還有一路上所遇到的人。

曉謙給我的第一印象怎麼都想不起了，或許他並不屬於那種容易讓人記住的類型。可是他的工作，著實讓人羨慕。

他是民宿的老闆，個子不高，頭髮長而捲曲，快到肩膀了，戴副黑框眼鏡，說不上帥氣，但是一笑起來，給人一種很踏實的感覺。

說上兩句話之後大概印象就出來了：人如其名，曉人情，性謙和。

他經營著這家精緻又講究的高級民宿，平時生活就是在這面朝小溪、背靠茶山的別墅一般的房子裡泡泡茶，和客人聊聊天，清淨又閒適，還有著體面的收入。

晚飯時分，曉謙帶著我們順著山坡走至另一家民宿吃飯。山上沒有路燈，四周一片漆黑，他打著手電筒一路提醒我們注意腳下，細緻而體貼。

到了吃飯的地方，他請廚房師傅為我們炒幾個家常小菜，剛從後山挖出來的冬筍，紅燒的雞肉，園內採摘的新鮮蔬菜。曉謙搬來自家釀的梅子酒，客氣地為我們布置餐具：「我現在就喜歡陪人聊天，我不僅僅是經營民宿，還想和來這裡的人做朋友。」

我無意中發現他深藍色的牛仔褲後袋繡著細細的民族刺繡花邊，藍白灰的菱形格子，大概是那種來自雲彩與山水繚繞之地的人，走得越遠，越想把與家鄉相連的東西穿在身上，才覺得安穩。

年紀輕輕，在山水如畫的地方鬧中取靜，詩意棲居，生活安穩而閒適，這樣的日夜，哪個在大城市奮鬥的年輕人敢想？

我感嘆：「真是令人羨慕的工作和生活啊！」

他為我們斟滿梅子酒，說起自己的故事。

—◆—

曉謙沒有上過大學。十八歲從大山大水直達大城市，想要在那片欣欣向榮燈火輝煌的繁榮之地紮根生長。

沒有什麼學歷，也不太熟識新環境，只能靠體力紮根，最開始的幾年，他把汗水和迷茫都澆注在了工地上，跟著師傅當學徒，也算是用另外一種方式把自己和這個城市鑄在了一起。

後來網路興起，曉謙的老闆開了網咖，他也跟著接觸到了另一個新世界。從鄉下來的他那個時候電腦都不會操作，為了工作，只能一點一點地學，然後在網咖一待就是三年。

後來網咖關了，曉謙也另謀出路，去飯店當服務生，就是那個時候，他開始對飯店管理和服務有了一些了解。但他覺得這不是自己喜歡的事，也不是最好的出路。

再後來他接觸了設計，幫房地產公司製作模型。因為要力求還原，要把房子的各項功能展現出來，需要一塊一塊玻璃、一根一根欄杆拼湊黏貼，雖然不是蓋真正的房子，可是這些細緻的工作對於一個從小粗手粗腳的年輕人來說，也實在是磨人的挑戰。

「要有絕對的耐心，不然真的會弄壞。」小而精緻的模型讓曉謙把自己的內心和夢想也打磨得明確而生動起來。

「在大城市漂泊久了，對家鄉的好山好水愈加牽掛。」曉謙說話也是斯斯文文的，大概是做模型做多了，人也變得細緻而安靜，「現在的工作我很滿意，又可以和山水待在一起，自由，條件也很好，我很喜歡。」

我笑他兜兜轉轉走了這麼多彎路，終於做了自己真正喜歡的工作，青春都飛走了，已經成了一個兩三歲小女孩的爸爸。

他剛開始是笑著點頭，後來感嘆：「要是不去大城市，也不會在這塊地方發展；要是不在網咖打工，現在也不會用CAD畫圖做設計；要是不去飯店當服務生，也不太懂飯店管理；要是不做模型，也沒有那麼多的耐心一點一點地把一個普通的農村房子改造成如今華麗洋氣的高級民宿。

「當時覺得不起眼，後來發現每一步都產生了作用，少了哪一步好像都不行。」

他舉起杯子，把這麼多年的顛沛流離混著辣而清甜的梅子酒，一飲而盡。

那些曾以為的彎路，恰恰是必經之路。

◆

有一段時間，我也曾為自己的狀況苦惱萬分，覺得自己所做的一切毫無意義，失望，焦躁，難過不堪。

忽然發現我們好像從來都生活在一個勝者擁有絕對發言權的世界，有了最後的成功，之前所走的路好像才是有意義的。所以我們聽一個名利雙收的老闆講他創業階段睡路邊吃便當的故事會熱淚盈眶，卻對一個街邊賣藝為了音樂夢想縮衣節食的年輕人嗤之以鼻。

我覺得生活裡有兩個詞是會殺死前進的動力的，一個叫「浪費」，一個叫「後悔」。可偏偏這兩個詞常常出現在我們的生活字典裡，有的人覺得愛了多年卻分手了是一種浪費，後悔相愛；念了多年的科系最後與工作無關是一種浪費，後悔選擇；做了多年的工作最後沒有成形也是一種浪費，後悔付出。

可是在經歷了一些自以為的挫折之後卻發現，無關「浪費」，不要「後悔」，因為抱怨和否定真的沒有用，能做的不是給那些不起眼的過去畫上「X」，而是看看它們給現在的自己帶來了什麼。

很多事情都是在走了一定的距離之後才出現了意義。之所以覺得是彎路，很可能是因為走得還不夠遠。

那些逝去的時光都不是白白流走的，它們終將以另外一種形態依附在你身上，讓你成為了現在的你。你走過的坦途可能讓你腳步輕飄，繞過的彎路卻會讓你學會珍惜和踏實。

哪有那麼多直達之路，路是一步一步試探出來的。那些為目前的苦悶失落的人啊，歸根結底還是急於求成，急於看到結果，所以一旦事與願違，就埋怨自己做出了錯誤決定，做了無用功。

彎路說不定就是必經之路，你可不要因為一個踉蹌就停在路口，然後悻悻回頭。

寫給你們，也寫給我自己。

共勉。

不怕優秀的人更努力，就怕他們更年輕

總有人說年輕就是本錢，其實年輕就意味著手中空無一物，卻有著重來的機會和嘗試的勇氣。隨著年歲漸長，我們擁有的東西累積得越來越多，很多人反而故步自封，守著已得的東西不敢再去勘探。

凌晨睡前，我默默翻看著手機相冊裡的照片。宿舍早已熄燈，能聽到室友淺淺的鼾聲。明明很疲倦了，我卻有些失眠。因為幾個小時前，我還在學校小劇場，化著濃妝，穿著長而華麗的蓬蓬裙，拿著麥克風站在聚光燈下微笑。

並非留戀舞臺、燈光、掌聲與眾人的注視，只是想起這幾天自己心理狀態的變化，微微觸動。

正是年末忙得不可開交時，學院老師要我去主持迎新晚會，我一聽就搖頭拒絕，但最終沒有說服老師，推託不得，只好接下。最初那幾天，我恨不得逢人就抱怨：「我都大三了，這種事情交給學弟學妹就好了，我都是老人了，幹嘛來湊熱鬧。」

要是大一的時候給我這樣的機會，心中肯定是開心的，那個時候很想證明自己，覺得自己渾身都是熱情，恨不得把所有的機會都收入囊中。到了大三卻有了些怯意，覺得自己好像不該出現在這樣朝氣蓬勃的舞臺。彩排的時候看到另外幾個擔任主持的大一學弟學妹興奮又認真的臉，為多分到了一段主持詞而不自覺地傻笑，我心裡有種說不出的感動。

排練時間並不多，正式上臺後並沒有預想的緊張。一直以為自己是盼望著這一切趕快結束的，可當結束後大家合影留念的時候，換下大蓬蓬裙子的時候，燈光熄滅的時候，竟然有一絲絲失落。

失落的是，自己剛剛找回大一大二的那種感覺，那種全心全意參與活動、積極又熱情的感覺，就即將結束了。

一同主持的學妹在燈光下拉著朋友們拍照，笑得很甜很甜。這幾個小孩都是院裡很不錯的新秀，舞臺感很好。說實話我有點羨慕，羨慕他們才剛剛開始，大一和大二是他們還未拆封的禮物；而我的大一大二，早就連包裝紙都不剩了。

——◆——

之前有句傳播甚廣的勵志名言：「比你優秀的人不可怕，可怕的是比你優秀的人還比你努力。」

可我漸漸找到比這更可怕的事情：「比你優秀的人比你更年輕。」

並不想煽動焦慮，而是說說我自己的切身體會。現在的資訊更迭得越來越快，科技爆炸式發展，一九九九後出生的人可能在十歲左右接觸到電腦，那時我們爸媽那一代已經三十歲了，而我妹妹是兩千年後出生的，電子產品對於她來說，可能是從出生以來就存在的古老物品。她現在國中接觸到的知識和技能，可能我高中時才剛剛開始接觸。

有個詞叫「生不逢時」，年輕的人永遠追不上更年輕的人，因為那些後來的人，他們出生時的世界更加發達。你永遠都跟不上世界發展的速度，而那些更年輕的人，從小就占有更加豐富的資源，更加優越的生活條件。

如此這般，與每一個後來居上的年輕人相比，我們都帶著一點「過時」的窘迫。

很多人可能都會有這樣的體驗，有種學長學姐心態，或者說是一種長者心態。

「這些都是小鮮肉應該做的，我一個老人就不去丟臉了。」

「學長學姐就應該有學長學姐的樣子，還和學弟學妹一樣忙來忙去沒價值啊。」

「都大四了還玩這些，會不會被看不起啊？」

他們覺得自己在一個團體裡年齡稍大，或者資歷稍深，就收起最開始那種好奇和衝勁，擺擺手坐在一旁，看著新秀們鬥志昂揚，眼中雖有羨慕，卻還是安慰自己：「年長的人就該把機會多讓給年輕人，資歷深的人就要有資歷深的樣子。」

生活中有很多人都存在這種「too old to do」的心態，不僅僅是我們的爺爺奶奶那一代、我們爸媽那一代，甚至是同輩之人，可能都會覺得自己已經到了一個正襟危坐的年紀，在那些更為年輕的、帶著氣焰的人面前忽然間泄了氣，有點不好意思卻又拉不下臉，於是就端端正正地扮演一個「過來人」，壓抑住自己仍然想瘋狂的衝動。

其實啊，不怕優秀的人更年輕，就怕你覺得他們是年輕的，而自己不再年輕。

時間對於每個人都是公平的，每個人都平等地擁有年輕的權利，都曾經擁有過最為飽滿的身體狀態與征服世界的熱情。要說永遠年輕，那是不可能的，但是可以保持一種「初學者心態」。

回想一下自己最開始接觸一個事物時稚氣又執拗的樣子——雖然一頭霧水，慌亂急躁，為自己暫時的失敗而捶胸頓足，對他人虛心請教，專注而投入地學習，後來漸漸摸清了門路，駕輕就熟，慢慢地體會到那種成功的、完成的喜悅。

駕輕就熟都是需要代價的，可是在生活裡，我倒是希望自己能夠擁有「初學者」的心態：好奇，有衝勁，打不死的信心，這些都是多麼可愛啊！

我見過七十多歲英文說得比大學生還好的老爺爺，身上帶著一個小本子，記錄偶爾遇到的單字。問他為什麼一把年紀了還那麼勤奮，他的回答超級簡單：「我想學英文，因為我想看外國報紙。」

那是我在車站等車時偶遇的陌生人。這樣的人讓我覺得，我們口中的「老」實在太膚淺了，難道是眼角的幾道細紋？還是日漸增長的年紀？

或許在一些人身上，「老」是個很虛無的詞吧，因為他們心中有一團火焰，會把一些無謂的東西都化為灰燼。

總有人說年輕就是本錢，其實年輕就意味著手中空無一物，卻有著重來的機會和嘗試的勇氣。隨著年歲漸長，我們擁有的東西累積得越來越多，很多人反而故步自封，守著已得的東西不敢再去勘探。

被拋棄的不是「年紀不適合的人」，而是「自以為不適合的人」。

木心在《魚麗之宴》裡寫過：「年輕，真像是一個理由，一個毫無用處的理由。」

同樣，對於一些人來說，「不年輕」也像一個毫無用處的藉口，你以為只是推掉了一時的窘迫，其實還推掉了與更加新鮮有趣的自己相遇的機會。

你所謂的「忙碌」意味著什麼

很多人覺得只要「有事情做」就是「忙碌」，「忙碌」就等同於「努力」，而「努力」意味著「成功」。但其實忙碌不是表面上的，追根究柢是對生命的精打細算。

昨天聚餐，酒足飯飽之後，一群人一起回學校。有與我熟悉一些的朋友說：「你每天要上課、寫作業，還要寫文章、做電臺，還有各種活動，時間被排得滿滿的，我好羨慕這種充實的感覺。」

我略無奈地解釋道：「充實意味著忙到爆炸。」

她說：「充實，忙，心裡踏實。」

我笑：「你真懂我。」

我每年都為自己準備一本紅色的手帳，裡面被各色原字筆標注了密密麻麻的符號——紅色的是班級事務（我是學藝股），綠色的是個人待辦事務，藍色的是其他活動或者計畫。邊邊角角上也記錄著本月看過的書和電影，以及一些新的想法。那些潦草的字跡和各色的線條填得滿滿的，是我分外忙碌的大學生活的痕跡。

我天生是個閒不住的人，或者說，我就是愛東搞西搞，喜歡嘗試新東西，不滿足於現狀。

因此我在大學這幾年，除了本科系分內的課業之外，還做了很多看起來和我的科系無關的事情。有時候躺在床上閉著眼，我會回想那些腳步匆匆的忙碌日子，我見過清晨寂寥的星辰，也吹過深夜刺骨的寒風。

我時常在疲倦時捏著痠痛的肩膀問自己：「你為什麼要讓自己那麼忙？」

大一時我曾一度糾結過這個問題。社團活動我積極參加，學校的各種比賽我也愛湊熱鬧，爭分奪秒看書、寫作業，還為自己建了Podcast頻道，定時上架節目……很多次我想打開一部韓劇，好好享受一下那種「閒適時光」，卻發現自己還有稿子沒寫，馬上要開會，節目也沒剪。看著男主角帥氣的臉，心裡想著的是明天交不出稿子怎麼辦。

我做這些「苦其心志，勞其筋骨」的事情到底意義在哪裡？

悲哀的是，當我的大一結束時，我仍然沒有答案。

直到大二結束，此時已獲得了一些尚可的小成績，回想起自己大一那些忙碌的日子，也漸漸明白了它的意義。

忙碌，是為了給過去一些交代，給未來一些機會。

應該種樹的時候是不該乘涼的。現在所做的一切，只是一個「播種」的過程，收穫的季節有早有晚，靜候是最好的姿態。

◆

忙碌可以讓你走出眼之所見的小圈子，了解自己所處的位置，評估進步的可能性。

有個同社團的學長，是學校裡的風雲人物，早就聽同學說起過他的事蹟，內心也暗自佩服。但通常厲害的人都戴著高冷氣質的光環，我曾有些怕他。

有次和他聊天，他教我企劃團體活動，才發現他是個很隨和可愛的人。我向他抱怨自己的大一忙碌又迷茫，他和我說起他大一大二時的故事。

他曾是重考生，「高四」的時候在桌旁的牆上寫下自己未來的目標，人人都笑他不自量力。後來他剛到大學，野心勃勃，為自己定下目標：大一時做到別人大二才能做到的事情，大二就要達到大四的水準，大三有養活自己的能力，大四要創業開公司。

別人說他太傲，他不以為意。由於性子急，他在最開始的時候得罪了不少人。

大一他帶領團隊做創業比賽，跌跌撞撞走了不少彎路，也學會低頭，懂得很多為人處世的道理，靠著那份倔強，很多比賽做得比學長學姐還好。大二他去實習，把從比賽裡學來的東西用在實戰中，實習期間學來的一套又用在以後的比賽上。大三他是學生會主席，註冊了公司，並且和別人在當地開了一家網咖。他進大學時對自己的許諾算是完成大半了。

以前做企劃的時候我常被他批評，他總說你不是不行，而是太會為自己的不盡全力找理由。他做企劃，會精確到每一個細小的標點；做財務報表，不會就看書、上網查，一點一點自學；準備比賽，會花一個晚上去仔細分析每一個對手的弱點，每一個評審的資訊，甚至比賽場地的投影機位置。

「我不能有任何一個細節的疏漏，因為我深深知道自己的缺點，所以在其他細節部分會格外注意。我知道自己目前的能力還有很多需要進步的地方，在我還達不到之前，只能以彌補細節取勝。」他曾經站在木心美術館裡的一行字下拍了張照片，那行字是：「世界上有多少牆壁呀，我曾到處碰壁，可是至今也還沒畫出我的偉大壁畫。」

我問他為什麼那麼拚，他說：「每次我覺得撐不下去的時候，我就想，此刻，那些和我念同一個科系，但是在頂尖學校的同齡學生們，他們正在做什麼？這樣一來我就會覺得自己還是太落後，所以我只能把能做的都做了，才能縮短和他們的距離。」

周圍有些同學，到了大二，漸漸變得焦慮起來，開始考慮未來方向，覺得必須要做些什麼。打算考研究所，於是經常在SNS上分享自己的背單字計畫，可是那樣的每日「打卡」行動不足半月就匿了蹤影；轉而又決定去實習，嚷嚷著要做履歷，剛蒐集好幾個範本，發現最新的韓劇不能錯過，於是打算將計畫「暫且」放放，這個「暫且」轉眼就是一學期。

我很慶幸自己剛進大學就有一種懼怕落後於人的焦慮感，我並不是一個看起來那麼雲淡風輕的人，害怕那種在人群中庸碌一生的感覺，所以我告訴自己不能浪費每一個機會。最忙的時候，我連續三個週末都沒有休息，一度累到哭，哭過之後還是把該做的事情都做完。

很多人覺得只要「有事情做」就是「忙碌」，「忙碌」就等同於「努力」意味著「成功」。但其實忙碌不是表面上的，追根究柢是對生命的精打細算。

忙碌不是你象徵性地早起背背單字，持續了兩三天覺得自己睡眠不足要補覺；不是你每日慌慌張張地把隨便寫的作業交上去，解釋說自己因為社團事務太多來不及；不是東奔西走看起來做著很多事，最終真的實現的卻寥寥無幾。忙碌不是面子工程，其他人才不會按時檢閱和視察。

口號式的忙碌只是一時的自我安慰，而那些真正的忙碌不是沒有方向的，是精打細算之後，細化到每天的行動。它們常常是平淡而充滿輕微疼痛感的。

我說過，在大學，孤獨是一種常態，這個「孤獨」其實是忙碌過程中常常需要面對的一種狀態。在大學，忙碌的意義在於讓自己變得更加開闊，對於未來、對於生活擁有更多的選擇權，感受到自我的種種可能，擴展生命的張力。

真正的忙碌是無聲的。忙碌不是一種表演，你只是淋漓盡致地感動了你自己。忙碌是 種狀態，對於時間、資源的珍惜，對自己的打磨，認知到自身進步的可能，然後以最快的速度奔過去。

優秀的人都是賭徒

有的時候我們之所以渾渾噩噩疲倦失落，是因爲我們不是不想要更多東西，而是不敢要，或者說信心不足，進而影響了行動力，然而還安慰自己「很多東西是要順其自然的」。

「我好沒用啊！」最近有兩個朋友竟然用了同樣的話向我抱怨。

朋友A，想出國，最近忙著準備托福考試，但是本來英文不是很好，忽然努力起來，顯得有些力不從心。他想去的學校要求托福成績在九十分以上，可是以他現在的水準，大概要拚命地學六個月才能考到八十多分，他覺得很無力。

朋友B，前幾天剛剛參加了同學會，老朋友相見，自然互相聊起近期的大學生活。他當天晚上就失眠了，明明喝了很多酒，翻來覆去就是睡不著。他說：「我都不敢想像我以前竟然和這群人一起讀過書。」飯桌上，左右坐著的都是菁英，不是在忙比賽，就是搞研究，個個說起未來都意氣風發、光芒四射。他對我說：「好像只有我還沒想清楚自己到底要幹嘛。」

類似這樣的感嘆時常出現在我們年輕的歲月裡，就像臉上冒出的小疙瘩，雖然不是那麼疼，但摸起來終究是不太舒服的。

在一群自帶光芒的人面前自慚形穢，當踮起腳尖甚至跳起來也摸不到目標時，一些被稱之為驕傲的東西起了褶皺。

——◆——

「我好遜啊！」其實，我也常常對自己說類似的話。

有次去參加一個創業專案的簡報比賽，臺上的菁英們個個意氣風發，穿著幹練的正式套裝，PPT也做得精緻，開口是流利的英文，說起團隊實踐成果的時候滔滔不絕。

我帶著自己單薄的資料，一臉尷尬的笑，想強裝鎮定，只求在氣場上不要輸給人家。站上臺的時候，老師們不斷地向我提問，那些偽裝起來的氣泡被老師尖銳的目光戳破，我心一虛——果然氣場這種東西是裝不出來的。

於是內心的驕傲小小地皺了一下，又被我若無其事地展開。

對於我這樣死要面子的人來說，這個現實實在難以承認，可相比起來，我真的好遜啊。

人和人真的不要輕易比較，一比較，參差不齊的水準會讓落差感不斷加劇，羞愧得都想跳樓：「為什麼別人就能做得那樣好，而我不能呢？」

有個一同參賽的同學院的女生，剛剛憑藉她的自媒體專案拿了十萬塊錢的創業資助金。賽後在回校區的車上閒聊，她問：「你為什麼來參加比賽呢？」

我撇撇嘴：「還不是老師要我來，我也不太會，隨便弄了點資料就來了。」

「其實我覺得你這個專案蠻好的，如果更認真一些做的話，真的是可以的。」

我知道她是真誠的，聽她這麼一說，忽然一陣悔意湧了上來，自覺難堪，於是自嘲：「唉，看來今天不太走運啊，不像你，運氣那麼好，拿了十萬呢！」

她說：「我才不是來賭運氣的。」

我這才想起那段日子她坐在咖啡店整理資料，和團隊成員一起整理圖表、計算比例、設計專案簡介書的內頁和封面，前一天才參加完院裡的活動，第二天就急急忙忙地趕到比賽場地，聽說連ＰＰＴ都是在車上完成的。

那些天天把時間和精力投擲出去的人，其實承擔著更大的風險。

他們並不比常人天資聰穎，只不過他們有著賭徒般孤注一擲的勇氣，有贏的渴望，也做好了輸的準備，所以他們常常收穫更多。

在電影《藍莓之夜》裡，除了那個為治療心碎而遠走高飛的伊麗莎白，女賭徒萊斯利更讓我難忘。因男友出軌而心碎出走的女主角伊莉莎白轉移到賭場工作之後，遇到了女賭徒萊斯利，她年輕，染著一頭金髮，笑容妖嬈，不知天高地厚，所知的一切都來自她的賭徒父親，以能看透牌桌上對手的心思而自傲。

可賭場不是一般人能去的地方，人們到了這裡，都開始有了抵上全部身家一搏的勇氣，他們沉迷，瘋狂，不休不眠。萊斯利輸得精光，卻堅信自己會贏，她走投無路，向正在做女招待的伊莉莎白借錢。

「我會翻盤的。」她說，那種志在必得的信心寫在她的臉上。

她的確賭贏了。

電影的最後，她們每人開著一輛車，各自踏上歸程，在深夜的公路上揮手告別。

萊斯利的身上有很多人的影子，他們有著共同的氣質。以前我總以為，那些厲害的人，他們的人生順利得就像開了外掛，上帝總是給他們最好的運氣。後來才知道，運氣不過是他們的謙詞，他們敢在別人說「慢著慢著，太危險」的時候馬力全開。

◆

其實優秀的人都是賭徒，他們從來不是穩操勝券，有時候運氣也不是很好，所謂十足的把握，都是旁人的誤解。他們其實和一般人沒什麼不同，只是膽子更大一些，有孤注一擲的勇氣，所以他們贏的機會更多一些。

我們常常為自己的狀態感到擔憂，常常在一條看不到方向的長路上遙望，不確定自己正在走的路和想要走的路是不是真正適合自己。我們都是俗人，無法避免受到一些現實因素的羈絆，可是還是會走上那一條更加顛簸刺激的路。

我們生而對「變化」有種擔憂，很多人以為不變真的可以應萬變，只要不越過雷區半步就是安全。可是安全範圍越來越小，等到沒有落腳之處的時候，你才幡然醒悟，總是畫地為牢的那個人，才滿盤皆輸。

一直在想，有的時候我們之所以渾渾噩噩疲倦失落，是因為我們不是不想要更多東西，而是不敢要，或者說信心不足，進而影響了行動力，然而還安慰自己

「很多東西是要順其自然的」。

前幾天朋友寄了生日禮物給我，盒子裡有張卡片，寫著紀德的一句話：「我生活在妙不可言的等待中，等待隨便哪種未來。」

我覺得能說出如此瀟脫無比的話的人，肯定事先留了一手。

他已經盡可能地做了很多準備，把未來不想要的狀態全部Pass掉了，剩下的無論是什麼樣的，都值得妙不可言的等待。

那些優秀的人都是賭徒，他們賭的可不僅僅是運氣。

後記

二十歲，是別在胸口的玫瑰和松針

十八歲高中畢業的那個暑假，我和爸爸在家裡喝茶，他問我以後的職業規劃，我說不知道，走一步看一步吧。

「不過我倒是有個願望，很想出一本書啊，雖然也不知道可以寫些什麼。就算需要自己出錢去印都好，這一輩子想寫一本書。」我也不知道當時為何說出這樣的話，在對未來尚且一無所知的時候，手無寸鐵，卻渴望與外界交手，無端生出了許多綺麗的念頭。

爸爸驚訝之餘是鼓勵的態度：「那好，我給你一個目標——在三十歲之前，努力出一本你自己的書。」

我隨口答道：「好。」

這個「約定」並沒有被我放在心上，爸爸好像也沒有當真，我們都心照不宣地將它當作一句玩笑話。

二十一歲的時候，我的第一本隨筆集出版了，也就是你現在看到的這本《理直氣壯的走彎路，每一步都值得眷顧》。

瑣碎的大學生活日常，二十幾歲的情緒和夢想，被印刷成鉛字，送到天南地北不同的人手裡，被放在床頭、書架，被隨意翻閱，被談論，被記住或者被喜歡。

這些都是我萬萬沒有想到的，因為我自認並非博學多識，不精於文字，不擅長表達，甚至連講個笑話都有些乏味。曾有很長一段時間生活在自我懷疑之中——成績不拔尖，找不到未來的出路；也曾不被看好，不被接納。但是那些不太好的回憶都隨著找到自己喜歡的事情而被推出好遠。不知道從什麼時候起，我開始沉浸在自己擅長並喜歡的東西中，開始嘗試用另外一種方式去表達自己的感受，開始正視所有過去羞赧和躊躇的時刻，開始自我推翻和重新塑造。

我開始真正地尋找那個我想要成為的人，然後不顧一切地跑向她，離她近一些，更近一些。

我想像，維安並不是一個有很多故事的女生，但她或許是一個能夠講好故事的人，可以將生活贈予自己的歡喜和傷痛內化後熬製為一劑文字，或者撫慰，或者治癒。

前陣子和攝影師去拍照，他機緣巧合般地選取了兩個場景：一片茂密的松樹林和一家擺滿玫瑰花的咖啡館。當時受限於光線和背景，時間不多，在一天裡匆匆完成。

看到照片的時候其實很驚訝，暗暗感嘆著照片中的意象和這本書的主題如此契合：玫瑰花溫軟嬌弱，鮮豔張揚；松樹正直堅韌，孤獨挺拔。

這不正是二十歲時的模樣嗎？外在明媚柔軟，內在又是如此堅強，既夾雜著脆弱，也有著堅硬的刺。

這也正是我想在這本書裡表達的態度。一個年輕人可以活得很柔軟，又很堅定，對周遭事物包容理解，卻不妥協於違背內心的東西；不指責，不抱怨，對未來虔誠無比。

寫的東西越多，越明白寫作是一門技藝，需要沉澱、累積和昇華，在遣詞造句的過程中也越來越感知到內在的局限。不敢以「作家」自稱，只是希望自己能夠不辜負這些喜歡和支持，好好在這個方向上探究下去，讓自己擁有一把「鋒利的刀」，剖析自己，剖析周遭，剖析這個世界。

這本書能夠出版實屬不易，在此我要向一直支持我的人表示最真誠的感謝。

感謝我的爸爸媽媽以及所有家人，他們都是我的驕傲。我的爸爸讓我成為一個有理想有野心的「堅定少年」，我的媽媽則影響我變成浪漫閃亮的「溫柔少女」。

《我喜歡一切不徹底的事物》裡有一句：「一生都在半途而廢，一生都懷抱熱望。」

能讓我堅持下去的東西不多，可一旦認定了，就不想改變。

感謝我們的相遇，願我能繼續為你講述溫而不沸的成長與生活。

我知道這世界不完美，但依然對未來虔誠無比。

微文學51

理直氣壯的走彎路，每一步都值得眷顧

作　者——尹維安
副 主 編——朱晏瑭
封面設計——謝捲子
內文設計——林曉涵
校　對——朱晏瑭
行銷企劃——謝儀方

第五編輯部總監——梁芳春
董 事 長——趙政岷
出 版 者——時報文化出版企業股份有限公司
一〇八〇一九臺北市和平西路三段二四〇號七樓
發 行 專 線——（〇二）二三〇六六八四二
讀者服務專線——〇八〇〇二三一七〇五
（〇二）二三〇四七一〇三
讀者服務傳真——（〇二）二三〇四六八五八
郵　撥——一九三四四七二四　時報文化出版公司
信　箱——一〇八九九臺北華江橋郵局第九九信箱
時報悅讀網——www.readingtimes.com.tw
電子郵件信箱——yoho@readingtimes.com.tw
法律顧問——理律法律事務所 陳長文律師、李念祖律師
印　刷——勁達印刷有限公司
初版一刷——二〇二一年十二月二十四日
定　價——新臺幣三三〇元

時報文化出版公司成立於 1975 年，並於 1999 年股票上櫃公開發行，於 2008 年脫離中時集團非屬旺中，以「尊重智慧與創意的文化事業」為信念。

ISBN 978-957-13-9742-9　Printed in Taiwan

理直氣壯的走彎路,每一步都值得眷顧/尹維安作. --初版. -- 臺北市 : 時報文化出版企業股份有限公司, 2021.12
面；　公分

ISBN 978-957-13-9742-9(平裝)

855　110019365